アイドル　地下にうごめく星

渡辺　優

集英社文庫

CONTENTS

★

アイドル　地下にうごめく星

なんて悲しい世界でしょう。人生は苦しみです。願いは叶《かな》わず、努力は報われず、苦痛のときを一秒一秒やり過ごし、消耗し、老いて、衰えて、やっとたどり着く安定は死。そこになにが残るのでしょう。どんな意味があるのでしょう。なんて虚《むな》しい、不毛な命。

それでも、感謝しています。この世界に生まれたことに、感謝しています。この国の、この時代の、この場所この瞬間に生きていることに、心から感謝いたします。我が命はこの一瞬に燃えるために生まれました。すべての苦痛はこの一瞬のために耐える価値があります。

たとえこの手が千切れたとしても、腕を振り続けたい。

喉から血が溢《あふ》れたとしても、声を上げ続けたい。

ああ、もうすぐ始まる。なんて嬉《うれ》しい。すでにもう楽しい。

いったい何がこんなに楽しいのか、正直自分でもよくわからないのです。この脳は、いったいどんな判断でもって、この身を突き動かしているのだろう。この衝動は、どこからどんな目的をもって、やってくるのだろう。

でも、そんなことどうだっていいですね。ただ、喜び、それがこの世界のすべてです。苦痛とか忘れた。虚しさとは、はて？　もう思い出せない。すべてが最高だということ以外、もう何もわからない。

もうすぐそこに、ステージの上に、アイドルが現れる。

★リフト

左右の足を、数十分まえに初めて会話を交わした男たちが摑《つか》む。右の男の名はもっちゃん。左の男の名はラッキーさん。ヒールのある靴を履いてこなくて良かった、と、松《まつ》浦《うら》夏《なつ》美《み》は思った。うっかり蹴ってしまったりでもしたら申し訳がない。ふたりとも、危ないからやめた方がいいのでは、と真摯《しんし》に止めてくれたのだ。それをどうにか頼み込んだ。

場内に流れる曲は、少しずつそのテンポを速める。鼓膜を揺さぶる大きな音、旋律が、心臓を押し上げるように気持ちを追い立てる。良い曲だ、と夏美は思う。チープでわざとらしく、ありふれたメロディライン。そして、耳にも頭にも何も残さず、するんとすり抜けていく軽薄でしょうもない歌詞。でも、良い曲だ。涙がでそうなくらい。

夏美の協力者はふたりだけではない。初挑戦の彼女が倒れて事故など起こさぬよう、彼らの仲間たちが、夏美たちの周辺に陣取って、もしもの場合に備えてくれている。やがて、曲の盛り上がりは最高潮に達する。夏美の目は、ただひたむきに、ステージ上の少女を見ていた。

今度、まなみんたちの合同ライブがあるんです。一緒にどうですか。

職場の休憩室、同僚の前原《まえばら》が隣のテーブルでそう話すのを、夏美は聞くともなしに聞いていた。目の前には、五穀米を詰め込んだ手作り弁当。左手には、会社支給のノートパソコン。午後一番に経理部に提出する予定の週次報告書の所感欄がどうしても埋められないと、まだ顔面のほとんどをあどけなさが占める、今年二年目の後輩に泣きつかれたところだった。

「またですか、前原さん」

夏美の正面に座っていた当の後輩、日村梨花《ひむらりか》が明るい声で話に加わった。夏美の助けが得られるとなって、すっかり気楽な気分でいるらしい。二十歳以上年上の先輩に雑務の手助けを頼み飄々《ひょうひょう》としていられるのは、夏美がどのような人格であるのか、前《さき》の一年間ですっかり学んでしまったせいだろう。いつの間にか部署の中で最年長になっていた夏美は、部署内の皆から母親のように親しまれ、頼りにされ、そして母親のように、かすかに侮《あなど》られている。

「いやいやいや。今回のライブはまなみんたちにとって特に重要なんですよ。合同でやるグループのひとつが、最近東京で人気がでつつある『ガールズフレア』って子たちで、もしかしたら、雑誌の取材が入るかもって。でも、でもですよ、その子らよりもまなみんの方が、絶対に可愛いんですよ」

熱く語る前原に、周囲の皆が笑い声をあげる。前原は、いわゆるアイドルオタクだった。それも、テレビに頻繁に登場するような華やかなアイドルたちではなく、地下のライブハウスなどで細々と公演を行う駆け出しのアイドルを応援し、成長を見守ることに喜びを見出《みいだ》すタイプだ。彼はオタクであることを職場でも堂々と公言していて、むしろ、皆の前で贔屓《ひいき》のアイドルを語るときなどは、旧来のオタク像を意識して演じているようでもあった。「アイドルオタク」でいること、それ自体を楽しんでいる。

「だから、東北のアイドルシーンも盛り上がってるぞ、ってことを示すためにも、チケットがんがんさばいていきたいんですよね。どうですか、日村さん、松浦さんも」

自分の名前を呼ばれ、夏美ははっと顔を上げた。目から取り入れていた週次報告書の情報と、耳に入ってきていた「まなみんが可愛い」という情報が混ざり合って、前後の話を結びつけるのに手間取った。報告書については既にまったく頭になかったらしい日村が、すぐに答えた。

「うーん、東京の可愛い子たちが来るなら、ちょっと興味あるかも。日程いつですか？」

「マジすか！　再来週の金曜日です。十七時からですけど、まなみんたちの出番は一番最後なんで、ちょっとくらい残業しても間に合いますよ。まあ、俺は半休取りますけど」

「うーん……どうしようかな。そういうの、一回くらい行ってみたい気もするけど。えー、松浦さんは、どうします？」

日村が夏美の目を覗《のぞ》き込んだ。行きたいけれど、初参加の女が自分だけでは不安、お母さんと一緒なら行きたい、と、甘えるようなニュアンスが見て取れる。

「楽しそうですね。でも、私が行って場違いじゃないかしら」

「え、ええ。いえいえ、そんな。そんなことないっすよ。たぶん。結構年上のお客さんも少なくないですし。まあ、女性ってなるとちょっと珍しいかもしれない、ですけど。でも、女性客がいると、基本アイドルの子たち喜びますよ」

「へえ、そうなんですね」

頷《うなず》きながら、夏美は前原のリアクションを慎重に観察した。夏美を誘ったのは、日村に声をかける手前、礼儀として、のことだろう。だから咄嗟《とっさ》に、「こいつマジで来る気かよ」という気持ちが隠しきれていないのは仕方ない。その「マジかよ」の中に、迷惑だな、嫌だな、面倒くさいことになったな、の要素が含まれていないかどうかを、慎重に、見極める。それは、四十代も半ばをいくつか過ぎた自分が、若者たちと心地よく過ごしていくためのマナーのようなものだと、夏美は考えている。

夏美が勤めるのは、文房具やオフィス用品の製造、販売を行う、それなりに大手のメーカーだ。彼女が入社当時から現在まで所属しているのは、主に若者をターゲットにしたワンシーズン商品の企画とデザインを行う部署で、新入社員のほとんどが、まず最初に配属される部署でもあった。入社したときに同じ部署にいた同期は、数年の後に夏美を除く全員が、昇進という形の人事異動で去っていった。ひとり残された夏美は、皆がどこか通過点としてとらえているその部署で、年下の部長の補佐という肩書に納まったところで、自らの出世はここで頭打ちだろうと悟った。

長く勤めていることで、新人教育補佐やら社内環境改善担当やらのこまごまとしたおまけがついて、それらインセンティブを加算した給与は異動していった同僚らと比べてもそう悪くない。待遇について、夏美はそれで満足していた。ただ問題は、部署内の平均年齢と夏美の年齢との開きが、いよいよ大きくなってきた、ということ。

「じゃあ、私も行ってみようかな」

前原の反応は、純粋な驚き。そこにマイナスの感情は含まれていないようだ、と判断し、夏美は答えた。

「わあ、松浦さんが行くなら、私も行きます」

夏美の返事を待っていた日村が、はしゃいだ声を上げた。

最近の若い子たちは、みんな優しい。仕事終わりの小規模な飲み会や、週末の遠出などの半分プライベートなイベントごとでも、礼儀正しく親切に、ひと回りふた回り歳《とし》の離れた夏美にも誘いの声をかけてくれる。バーベキューやボルダリング、野外フェスに、フットサル。そのすべてが、本気の誘いではないとわかっている。だから夏美も礼儀として、空気を読む。社交辞令の誘いを見破る精度は年々上がってきていると、彼女は自負していた。

「やった！　ありがとうございます。そしたら俺、チケット手配しときますね。あ、もしよかったら当日までに、まなみんたちの曲、予習しといてくださいよ。YouTube に公式チャンネルがありますから、検索すれば一発です」

「検索って言っても。前原さん、まなみんまなみんばっかり言うから、その子たちのグループ名、私知らないですよ。なんていうグループなんですか？」

「『インソムニア』です」

イ、ン、ソ、ム、ニ、ア、と声に出しながら、日村がスマホの検索ボックスに文字を打ち込んだ。夏美はノートパソコンに視線を戻し、経理部もどうせろくろく目を通さないだろうと思われる所感をチェックしながら、五穀米をほおばった。

「あ、それっぽいのありました。この子たちですね」

テーブルの上、検索結果が表示されたスマホを、日村が夏美にも見えるように差し出す。映っていたのは、三人の女の子たち。皆若く、かわいい顔をしている。スマホの画面表示時間が切れた瞬間にもう忘れてしまいそうな、これといった引っかかりのないかわいさだった。

夏美は一旦箸を置き、日村の代わりに埋めた所感に簡単な手直しを加えたついでに、スケジュール管理に使用しているカレンダーの二週間後の金曜日に、インソムニアと打ち込んだ。

楽しみだわ、と、どこか機械的に夏美は思った。それはただ、新しいことに接するという点だけを希望とした、期待のこもらない「楽しみ」だった。

――ある年齢を過ぎたらね、自分が幸せなだけじゃ幸せじゃなくなるの。

そんなことを話していたのは、誰だったろうか。

美味《おい》しいものを食べたりとか、欲しいものを買ったりとか、そういう幸せはもう経験しつくして、飽きてきちゃうの。美味しい、嬉《うれ》しい、楽しいって、感情自体に飽きがくる。何歳で飽きるかは、人それぞれだけどね。そうならないうちに、配偶者や子供を持った方がいいわよ。自分以外に、喜ばせる誰かを作った方がいい。大切な誰かが喜ぶことが幸せ、っていう気持ちには、人はなかなか飽きないみたいだから。

ひとり暮らしのマンションの部屋で、買い置きしておいたサーティワンアイスクリームのポッピングシャワーを食べながら、夏美はふいに頭によみがえったその言葉について考えていた。さわやかなミントの甘さとはじけるキャンディの食感が、最高に美味しい。身体《からだ》の奥底に滞留した一日分の疲れが溶け出していくのがわかる。甘いもの、最強。この喜びに飽きてしまう日が、本当に訪れるのだろうか。

今のところ、その兆候はない。ただ、その話を聞いた当時──思い出した、その話をしていたのは、大学時代の友人。三十代も半ばを過ぎたあたりから、未婚の友人と会うたびに結婚というシステムについてのプレゼンを情熱的に行うようになった──には、それは自分には当てはまらないだろうと軽く聞き流していた言葉のひとつひとつが、最近やけに頭に浮かぶ。

夏美は、他人との関わりにそれほど強い喜びを感じる性質《たち》ではない。十八歳で実家を出てからずっとひとり暮らしを続けているが、部屋にひとりきりでいて、「さみしい」と感じたことは一度もなかった。友人や恋人と過ごす時間は、楽しい。ただ、それはあくまで週に一度、あるかないかの楽しみで十分だった。週に二回以上プライベートで他人と会う用事がはいると、夏美はうんざりして気分が重たくなった。

ひとりが好きだ。だから、自分は結婚はしない方がいいだろうな、と、早い段階で判断した。他人と一緒に暮らすなんて、きっと自分には無理だ。会話や気遣いをしなければならないというプレッシャーが苦手だし、他人の挙動や息づかい、気配そのものが気になって、嫌気がさしてしまう。

だから、まわりに結婚を勧められるたび、そうねえ、私も結婚してみたいけど、でも向いてない気もするわ、とやんわりかわし続けた。未婚のデメリットについて、「孤独死」というワードをちらつかせ脅しにかかってくる人間もいたが、夏美は孤独死についても、特に抵抗は感じていない。ひとりだろうがなんだろうが、死は死だ。死んだあと何日も発見されなかった、なんて例を挙げられても、そんなことは死んだ側の人間からすれば、とうに与《あずか》り知らぬことだろうとしか思えない。

ただ、喜びに飽きるという、その話。それは、正直少し怖い。ある日突然、自分の幸せを喜べなくなったらどうしよう。

二週間は、あっという間に過ぎた。カレンダーに書かれた「インソムニア」の文字を見て、夏美はそれに気がついた。最近時の流れが速い、と、二十歳《はたち》くらいの頃から思い続けている。今ではそのあまりの速さに時が流れているという感覚すら上手《うま》く把握できず、時空をワープ移動しているくらいの気分だ。斜め前のデスクの日村に、今日、定時で上がれそう？　と確認すると、ばっちりです、今日のために調整しときました、と、明るい声が返ってきた。ヤバい、私ぜんぜん調整してないわ、とは言えず、夏美はにっこり笑顔を向けた。

結局、十九時を少し回った辺りで仕事を切り上げた。早くに手の空いた日村には先に出るように言ったのだが、「松浦さんと一緒がいいです」と譲らなかったので、連れ立って会場に向かうことにした。

会場は会社から十五分ほど歩いた先の、雑居ビルの地下に入ったライブハウスだった。飲食店やこじゃれたセレクトショップなども並ぶ、夏美も時々訪れるエリアにあるが、そんなところにライブハウスが存在するなんて、今まで全く知らなかった。スマホの地図を見ながらナビゲートしてくれていた日村が「ここみたいです」とさしたのは、白っぽいコンクリートの壁にポスターがべたべたと貼られた、なかなかにそれっぽい、雰囲気のある建物だった。地元のバンドマンに愛されていそうな雰囲気。見ようによっては、ロンドンっぽいというか、マンハッタンっぽいというか。

「あんまり、アイドルっぽくないですね」

入り口で受付を行っている、青い髪の青年を見て日村が言った。両耳と鼻にピアスがぶら下がっている。恐らく、ライブハウスの人間だろう。

「まあ、とりあえず入りましょうか」

夏美は前原から受け取っていたチケットとドリンクコインを交換し、狭い扉の隙間に足を差し入れた。オフィスカジュアルの淡い花柄のブラウスの裾が、壁の錆《さび》に引っかかった。

扉を抜けると、目の前がすぐ地下へと続く階段になっていた。重低音と、かすかに人間の歌声らしきものが這《は》い上がってくる。急な上に手すりもない殺人階段を、追いついてきた日村に肩の辺りを摑まれながら、夏美は一歩一歩慎重に下りた。

一階分を下り切ると、左手には更に下へと続く階段、右手にはバースペースらしきやや開けた空間が見えた。一番奥にカウンター、手前にいくつかのハイテーブルとスツールが置かれている。テーブルでは、ドリンクを手にした数人のグループが固まって話をしていた。ほとんどを男性客が占める中で、毛先だけをピンク色に染めた髪を二つに結んだ美しい少女が、ひとりさりげなく交ざっている。前原の話した通り、色々な層のファンがいるようだ。

まずは飲み物かしら、と夏美たちが足を止めると、ちょうど左手の階段から上ってきた前原がふたりを見つけた。

「おおー！　松浦さん、日村さん、お疲れさまっす！　いえーい！」

前原は、チープな印刷がされたピンク色のライブTシャツを身にまとい、幸福感のあふれる笑顔で片手を上げた。頭にはバンダナを巻き、オタクのコスプレにも気合いが入っている。前原の後ろにいた、一目で彼の同類とわかるそれ風の小太りな男が、「え、え、誰ですか。エバラさん、女性の知り合いいたんですか」と驚いてみせる。

皆で、バースペースに移動した。カウンター横のモニターには、下のステージの様子がリアルタイムで映し出されている。数人の女の子たちが、今はどうやらMC中らしく、横一列に並んで話をしているようだった。引きでとらえた定点カメラでは、彼女たちの表情までは読み取れない。

「いや、おふたり、タイミングばっちりですよ。めっちゃ良いときに来てくれました」

空いたテーブルにドリンクを置いた前原の大きな声が、カウンターの夏美にまで聞こえた。壁にかかったメニューの中から、夏美は少し迷って、スクリュードライバーを注文する。

夏美は早急に酔いたがっている自分を自覚した。受付の若い男性も、すれ違った若いカップルも、このカウンターの中の若いお嬢さんも、皆夏美を見て、「おや？　なんだかババアが来たぞ？」という好奇の視線を向けてきた気がしていた。それが真実なのか、自意識過剰な妄想なのか、自分では判断がつかない。ただ、ライブハウスに足を踏み入れてから、自分より年上の人間に一度も出くわしていないのは事実だ。とにかくアルコールを手にすることで、場違い感をすこしでも振り払えればと思った。

夏美がテーブルに近づくと、前原は「松浦さん、めっちゃ良いときに来てくれました」と同じ言葉を繰り返した。

「今やってる子たち、結構いいんですけど、ちょっとモッシュが激しいんですよね。煽《あお》る系の曲が多いんで、客もそんなノリだし、女性が初めて見るには向かないかなって。で、次の子たちが、ザ・正統派、って感じで、東京拠点に活動してる子らなんですよ」

「ああ、えーっと、ガールズフレア？　でしたっけ」

日村がするりと思い出した名前を口にする。そう、そうなんですよ！　と、前原が嬉しそうにうなずく。すぐ横にいた前原の連れの男が、やっぱガルフレ知名度あるな、と唸《うな》った。

「その子たちは、最初に見てもらうにも向いてると思います。五人組で、それぞれにイメージカラーがあるんですけどね。俺はブルーの、ミヅキちゃんって子が一推《いちお》しです」

さらさらの黒髪ショートカットがチャームポイントのミヅキちゃんは、今年高校二年生になったばかりの十六歳で、いかにもピュア、といった感じの色白で切れ長の目の美少女だそうだ。ミヅキちゃんと人気を二分するのはイメージカラーレッドのエリカちゃんで、こちらは少したれ気味の目と語尾に特徴の残る甘ったるい話し方が、なんとも男心をくすぐるという。

熱く語る前原の話を、夏美は興味深く聞いていた。話の内容自体は正直わりとどうでもいいなと感じつつ、それはそれは幸せそうにアイドルの女の子たちについて語る彼が、だんだんと本当に「アイドルオタク」に見えてきていた。職場ではどんなに熱を込めて話していても、オタク気取りの会社員にしか見えなかったのに。

「ちょっとエバラさん、なにガルフレの布教してるんですか。それ浮気ですよ」

夏美たちのテーブルのそばを通りかかった学生風の男が、口を挟んだ。

「いや、すんません、まなみんには内緒でお願いしますよ」

「えー、どうしようかなあ」

「なになに、エバラさんまた推《お》し変《へん》ですか。軽い男だなあ」

周囲にたむろしていた客たちが、気楽そうな笑みを浮かべながら、次々前原に話しかける。エバラさん、というのは、仲間内での前原の呼び名だろう。その名を口にしてみたくなって、人気者ですね、と、夏美も呼びかけてみた。いやあ、やめてくださいよ、と言いながらも、前原の笑顔はどこまでも楽しそうだった。そろそろ下りましょうか、という彼の言葉に従い、一同は移動を開始した。

「なんだか、ちょっと本当に楽しみになってきました。メンバーの子のお話教えてもらったからかな」

階段を弾むように下りながら、日村が言う。一段下りるごとに、階下の熱気、というか、ざわめき、人間のうごめく気配、のようなものが、色濃く感じられるようになった。日村がテンションを上げる気持ちもよくわかる。

だが、夏美はもう既に、今日のこのイベントに満足しつつあった。

ライブハウスなんてこれまで足を踏み入れることのなかった場所に潜入できた。前原の、普段職場では見せない別の顔を見ることができた。場違い感にあてられはしたが、それもまあ一種の刺激として、感情のボケ防止に役立ってくれたとも思える。スクリュードライバーの甘ったるい酔いが全身に広がって、心地よい怠《だる》さを連れてきていた。なにより、今日一日分の労働で、身体も十分に疲れている。「まなみん」をしきりにプッシュしていた前原には悪いけれど、「ミヅキちゃん」たちの曲を一、二曲聴いたら切り上げよう。家に帰って、サーティワンアイスクリームの今日はロッキーロードを食べて、最近YouTubeではまっているペンギンの動画を見てだらだら過ごそう。イベントの途中であっさり疲れたから帰りたいモードになる自分に若干の失望は覚えつつも、ひとりきりの巣の中で過ごすそのプランはあまりに魅力的で、夏美は抗《あらが》う気もなかった。

先頭の前原が、階段を下り切った先の重たそうな扉を押し開ける。夏美も続いて、その空間に足を踏み入れた。

フロアは人で溢《あふ》れていた。右手から鋭い照明が差して、そちらがステージなのだとわかる。音楽は鳴っておらず、マイクを通した大きな声だけが聞こえた。たっぷりと水気を含んだ、少女の声だ。普段さほど音楽を聴かない夏美はその音量に慣れず、言葉の意味を理解するのに時間がかかった。

えーっとこのあとガルフレさん、インソムニアちゃんたちのステージなんですけど、そのあとでみんなのチェキ会もあるので、みなさん最後までいてくださいねー、あ、ちょっとですけど物販もありますのでーこのTシャツ、うさちゃんの、これわたしとユカリが描いたうさぎですーにせんにひゃく円ですーうさぎなのににゃんにゃんって覚えてくださいねー。

うおおお、と、少女の息継ぎの合間を縫うように歓声が上がった。驚いた日村が、わ、と声を漏らし、夏美の腕にすがりつく。その背後で扉が閉まり、階段からの光が途切れると、オールスタンディングの客席エリアには水底のような暗闇が満ちた。

夏美はステージを見た。頭上からのスポットライトを浴びて、最後の締めのトークを行う少女たち。そのステージの幅や高さ、ライトや音響機器の配置は、当然ながら先ほどバースペースのモニターに映し出されていたものと同じだ。それが今、目の前にある。夏美は、ほんの少し胸がざわめくのを感じた。モニターの向こう側に来てしまった。そこがどんな場所か、知りもせず。

「最初は後ろの方から見るのがいいと思いますよ。こっちです。後ろはわりと空《す》いてますから。いけそうだな、と思ったら、ちょっとずつ前に出てもらう感じで」

頭を下げながら人込みをかき分け、前原はふたりを初心者用の鑑賞スポットへと導く。もっちゃんと名乗っていた前原の連れは、では私はこれにて、と颯爽《さっそう》とフロア中央へと躍り出て行った。本当は自分もステージ近くに行きたいだろうに、ふたりのエスコートを優先する前原は、ひとときの夢から覚めたように、普段の会社員としての前原に戻っている。

「結構人、沢山いるんですね。すごい熱気」

フロア最後方の壁に背中をつけ、夏美は深く息を吐き出した。その隣で、立ち位置の定まった日村がようやく夏美の腕を離した。

「ね、びっくりしちゃいました。ほんもののアイドルのライブみたい」

「いやいやいや、一応ほんもののアイドルですからね、この子らも」

「あ、そっか。ごめんなさい。なんていうか、テレビのアイドルみたいな」

「んー、まあ、そうですね」

前原がもどかしそうに首を捻《ひね》った。

そのとき、ステージの照明がぼんやり暗くなった。ステージ上の女の子たちが、客席に両手を振りながら、舞台袖へとはけていく。ああ、こうやって一旦間を区切って、出演者が入れ替わるのね、と、夏美は理解した。ひとつ息を吐き、ステージから視線を逸《そ》らしたその次の瞬間、脳を直接鳴らすような大音量の音楽と、その音楽に負けないくらいに大きな歌声が、フロアに響いた。

夏美は息を呑《の》んだ。ステージ、金色の照明が煌々《こうこう》と降り注ぐその下に、膝上二十センチはあるスカートをはいた少女たちが、軽やかな足取りで現れた。三人、四人、五人。皆、形は同じ、色だけが異なるワンピースを着ている。舞台の一番真ん中で足を止め、その裾をひるがえしたのは、鮮やかなブルーの衣装を身にまとった少女だった。

——今ここに立つ、私たちの夢

やや控えめな、どこまでも澄んだ声で少女が歌い上げると、ミヅキー！　と地面から湧き上がるような歓声が起こった。すぐ横にいた前原が、周囲と寸分違《たが》わぬタイミングでミヅキーと叫びジャンプしたのを、夏美は意識の端でとらえた。

——振り返らない、二度と、仲間の目を見つめ

今度は黄色いワンピースの少女が一歩前に出て、歌い始める。のびやかで張りのある、堂々とした歌唱だ。今度は、アイリー！　の歓声とともに、前原もまた十五センチほど飛び上がった。

——走り出すよ、信じてるから

甘ったるい、歌うというより恋人に語りかけるような声で、赤の少女がふわりと微笑《ほほえ》んだ。エリカー！　の歓声にかぶせて、ドラムが細かく五つ、音を刻む。スッと引き潮のように一瞬音が収束するのが合図だった。抑え込まれていた蕾《つぼみ》が一気に開くように、少女たちの右手がまっすぐ頭上に伸びる。五人全員がマイクをかまえ、これまでで一番大きなブレスをするのが、客席からでも見て取れた。

——信じてる、あなたのもとへ

「ガールズフレアアアア！」

飛び上がった前原の持つカップからこぼれたビールが、夏美のパンプスのつま先を濡《ぬ》らした。しかし、彼女はそれに気がつかなかった。夏美の神経、意識はすべて、ステー

ジの上に注がれていた。瞳の中に、入れ代わり立ち代わり少女たちが舞い込む。

青の子。色が一番白い。発光してるのかってくらい白い。とにかく目立つ。顔立ちが美しい。ああ、ちょっと表情が乏しい。緑の子。ダンスのキレがすごい。指先まで。隙がない。黄色。歌がとにかく上手い。上手すぎて浮いてる。赤。可愛い。魅せ方を知ってる。ピンク。お遊戯会みたいな動き。幼い顔に合ってる。でも緑の隣に並ばないほうがいいな。青、指先を頰に当てて、ウインク。ああ、笑顔が硬い。もったいない。赤のウインク。これだよこれ。あざとさがナイス。ピンクのウインク。これはこれでアリね。黄色、は、ウインクなしか。そうね、顔はそんなに可愛くないから。と、思ったらくしゃくしゃの笑顔。いいね。自分をわかってる。青。足の上げ方が足りない。でも白い、綺麗《きれい》な脚。緑。一番高く上がってる。軸足も綺麗。赤。アドリブで振りをとばした。客席に手を振る。いいね。青。いいね。あの子、なんだか見ちゃうわ。

「かわいーい！」

横にいた日村が弾んだ声を上げ、夏美ははっと我に返った。けれど、いつの間にかリズムに合わせ揺れていた身体は止まらない。舞台上からも目を逸らすことができない。だって、楽しい。

「すごい、かわいいですねー。めっちゃアイドルだ」

「そうね」

夏美はなんとか言葉を返す。そのとき、突如大きな影が、彼女の視界を遮った。

夏美たちの数メートル前。ひとりの客が、両隣にいた客に両足を担がれ、持ち上げられている。ふたりがかりの肩車で、ステージの少女たちとほぼ同じ目線に立ったその客は、両手を広げ、叫んだ。

「アイリー！」

呆気《あっけ》にとられる夏美と日村をかばうように前に出た前原が、振り返り言った。

「リフトです」

ガルフレではあんまり起こらないんですけど、と続くのを、夏美は口の動きからなんとか読み取る。

リフト、で持ち上げられた客は、黄色の少女アイリの名前を叫びながら、彼女に向けひたむきに両手を差し伸べ続けていた。彼の全身でのアピールに、アイリはほんの一瞬、彼にだけ向けた小さな頷きを返した、ように見えた。十数秒ほどでリフトを下り、フロアに着地した客の背中からは、かすかに蒸気のようなものが噴き出している、ように見えた。

「ああやって、同じ高さで想《おも》いをアピールするんですよ」

前原が再び振り返って説明する。と、そのとき、突然前方にいた客の数人が、互いの肩を派手にぶつけ合い、体勢をくずした。巻き添えで弾《はじ》き飛ばされた前原を、日村は夏美をかばいつつ器用に避《よ》ける。前原はよろめきつつも平然と、「あ、これはモッシュです」と解説した。

「客同士でぶつかり合って、高まった感情を表現するんです」

「へえ。よくわかんないですけど」日村は、若干否定的なトーンの相づちをうった。

「今日ちょっと、客激しめかもしれないですね」

「私はわりと、嫌いじゃないです。こういう」

雰囲気、と言おうとした夏美の言葉を、前原が突如発した「ミヅキー！」の叫びがかき消した。

「あ、コールです。えっと、思いのたけを叫ぶ感じです」

気づけば、あちこちでメンバーの名前を呼ぶ大きな声が上がっている。跳ねるようだった少女たちのダンスは、ゆったりと落ち着いたものになっていた。間奏に入り、曲調が変わったのだ。名前を呼ばれた子はふっと微笑みを漏らしたり、声がした方に手を振ったりと自由にパフォーマンスをしている。なるほど、そういう時間か、と夏美は理解した。ファンサイドからのコールアンドレスポンス。前原は再びミヅキー！　と叫び、けれど、ミヅキちゃんには先ほどからスルーされている。

少し聞いていただけで、名前を呼ばれる女の子に偏りがある、と夏美は気がついた。一番呼ばれるのは、ミヅキ。二番目が、エリカ。先ほど前原の説明で聞いた人気順の通りだ。後の三人は、ほとんど呼ばれない。先ほどリフトで持ち上げられていた客はアイリーアイリアイリーとひたすらに呼び続けてはいるが、あれは正しくカウントして良いものか。

なぜだ？　と、夏美は思った。そして、次第にイライラしてきた。五人そろってのガールズフレアだろうが。

緑とピンクの少女の笑顔が、どことなく寂しそうに見えた。黄色の少女は、名前が呼ばれても呼ばれなくても、全力の笑顔を客席中に向けばらまいている。青の少女は自分ばかり名を呼ばれることが後ろめたいのか、歌唱中よりもさらに表情が乏しかった。ややうつむいたその顔もまた美しく、目を引かれる。赤の少女は自らの名に機敏に反応し、口をすぼめてみたり、いたずらっぽく胸を寄せてみたりと、多彩なリアクションで客を沸かせている。

夏美は胸の奥が震えるのを感じた。モニター越しの世界とは違う、現実に生きている人間の少女たちがそこにいる、と、なぜだか唐突に強く感じた。リフト、モッシュ、コール。夏美の世界にもたらされたばかりの言葉たちが、ライトを反射し頭の中できらきらと光る。

ああ、これ、すごく楽しい。だって、

「みんな最高に可愛いよ――！」

夏美は叫んだ。

「松浦さんのあんな大声、初めて聞きました」

コークハイを手にテーブルに戻ってきた日村が、愉快そうに笑った。バースペースは先ほどに比べ空いていた。皆、ガールズフレアのステージを見に下りて行ったのだ。

「びっくりしましたよ。メンバーもみんなこっち見てましたね」

前原は目を閉じ、その瞬間を嚙《か》みしめるように頷く。

「やっぱガルフレ、力ありますね」

いつの間にか再び輪に加わっていたもっちゃんが、感慨深そうに言った。

スツールに深く腰かけた夏美は、衝動に任せ叫んだ瞬間を思い出し、体中の熱が再び高まるのを感じた。

突如響いた中年女性のコールに、フロア全体が一瞬、ざわっと波立った。ステージ上のアイドルだけでなく、客までもが何人か振り返って夏美を見た。なんかめっちゃ叫んでるおばさんがいる——そんな視線は、もう夏美にはどうでもよかった。

舞台上の少女たちがこちらを見た。その一瞬、ステージ上の彼女たちの世界と客席にいる自分の世界が、確かにつながったと感じた。

その後も夏美はアピールを続けた。続く曲でも隙を見ては叫び、隣の前原にならい飛び跳ねた。そして三曲目で立ちくらみを起こし、半ば彼らに引きずられるようにバースペースへ戻ってきたのだった。

「ごめんなさい……。つい、なんていうか……楽しすぎてしまって」

スツールに座り、ようやく貧血状態から脱した夏美は、しみじみと言った。

「いや、謝ることないですよ。そんなに楽しんでもらえるなんて、俺も嬉しいです」

前原が言う。今の前原は、会社員とアイドルオタクの気配が、ちょうど半々だ。

「本当に、自分でもびっくりしました。すごく楽しかった。なんであんなに興奮しちゃったのかしら」

「わかります。ですよね。それがアイドルなんですよ」

「あ、やだ……いつの間に、靴びっちゃびちゃ」

「ああ、気を付けた方がいいですよ。飲み物こぼす奴《やつ》けっこういるんで」

「松浦さん、足、ちょっとこっち向けてください」

ショルダーバッグからハンカチを取り出した日村が、自然な動作で夏美の靴をぬぐってくれた。日村はずっと、愉快そうな小さな笑いが収まっていなかった。これまでに見たことのない夏美の一面を見られたことが、楽しくて仕方がないようだ。ハンカチを汚させてしまったことを申し訳なく感じながらも、夏美はただ「ありがとう」と甘えることにした。今の自分はどれくらい、普段の職場での自分を保っているだろう、と、疑問に思う。

「でも、どうします？　おふたりはもう、切り上げて帰りますか。体調悪いんじゃ、楽しめないでしょうし」

そう口にした瞬間、前原の目に、自分としては帰ってほしいです、という色がわかりやすく滲《にじ》んだ。ステージの熱気にあてられていた夏美も、それは見逃さなかった。夏美が起こした立ちくらみのせいで、ガールズフレアのパフォーマンス中だというのに途中退場に付き合わされたのだ。素人のお守《も》りはこのあたりで切り上げて、そろそろ本腰を入れてイベントを楽しみたくもなってきたのだろう。

しかし、帰りますと言いなさい、若い方に遠慮なさい、という理性の声をひねり潰し、夏美は言った。

「いいえ、私は最後までいます。だって、チェキ会があるんでしょう」

名前も知らぬアイドルが出番終わりに口にした言葉を、夏美は覚えていた。「チェキ会」なるものが何なのか、正直まったくわからない。ただ、とにかくなにか企画があるのだ、ということはわかる。自分はそれを見たい、ということも、わかる。

彼女の断固とした態度に、前原は一瞬、面食らった表情を見せた。しかし、まっすぐ見つめる夏美の視線を受け止めるうち、先ほどの「面倒くさいな」の気配は静かに息をひそめ、その目にははっきりとした決意の色が浮かんだ。

「いいんですか。まなみんたちのステージが始まったら、俺はたぶんおふたりにあまり気を遣うことができないですよ。モッシュが始まっても、前線から引く気はないですし」

「かまいません」

夏美ははっきりと答えた。

「そうおっしゃるなら、わかりました。ついてきてさえくれるなら、俺が、最後まで責任もってナビゲートしますよ。松浦さんにはいつも世話になってますから。今日は先輩ドルオタとして、同志を導きます」

バースペースのモニターに目を向けた前原の、そろそろ入れ替えの時間ですね、の言葉を合図に、四人は再び連れ立って下のフロアへと戻った。扉を開いた瞬間、再び大音量の音楽に包まれ、夏美はクールダウンしたはずの頭がまた一瞬で夢の渦に投げ込まれたような感覚に陥った。もっと前の方で見ますか？　という前原の申し出に激しく頷き、フロア中央、やや後方寄りの、ちょうど人が移動してできた隙間に位置取る。ギターソロの余韻と共に曲が終わり、フロア全体から「うおおお」、と礼儀正しい歓声が湧いた。この「うおおお」は、クラシックコンサートでいう曲間の拍手の役割なのだろう。

前原の見立て通り、それがガールズフレアの最後の一曲らしかった。汗に濡れた髪を額にはり付けたメンバーたちが、ばらばらに感謝の言葉を口にしながら、笑顔で手を振り舞台袖へとはけていく。

「まなみん、来ますよ」

前原が、やや緊張した声で言った。

ところで「インソムニア」について、夏美はほとんど知識を持っていない。YouTubeで予習しておくように、との前原の指示も、今の今まで忘れていた。今回の誘いを受けたときに、日村がスマホで表示して見せてくれた彼女たちの宣材用と思《おぼ》しき画像の記憶も、もうとっくに薄れていた。確か、三人組の女の子のグループだったような。みんなそれなりに可愛かったような、という程度だ。その中のひとりが前原の言うまなみんなのだろうが、まなみんに関しても「かわいい」という情報しか持ち合わせていないので、はたして見分けがつくかどうか。せめて髪型や特徴くらい聞いておこうかしら、と声をかけようとしたタイミングで、音楽が鳴りだした。観客はパレードを止めることはできない。ただその波に乗ることしかできない。

舞台上、右手から、ひとりの少女が姿を現した。先ほどのガールズフレアの鮮やかさとは趣《おもむき》の異なる、セーラー服風の白い衣装だ。スカートの裾と袖口に施されたレースが、有無を言わさぬ清楚感《せいそかん》を醸《かも》し出している。

次いで右手から現れた少女もまた、一人目とまったく同じ格好をしていた。「まなみーん！」と、前原がこれまでで一番大きな声で叫んだ。なるほど、あれがまなみんか。ふわふわにカールした背中まで伸びる髪。なるほど。ありだわ。

チェキ会では、私もまなみんを指名しようかしら、と、夏美は思った。先ほど「チェキ会」について、前原から説明を受けた。「チェキ」とはなんのことはないインスタントカメラのことで、公演終了後、好きなアイドルとツーショット写真を撮れる機会があるらしい。一枚五百円。撮影の際には、アイドルと直接、ささやかながら会話をする時間もある。前原はもちろん、まなみんとのチェキを撮る、と言った。そして、「おふたりもまなみんを選んでくれたら、俺としては嬉しいですけど」と、付け加えた。

チェキ会が始まると、客たちは皆、目当てのアイドルの前に列を形成して自分の順番を待つらしい。その列の長さ、待ち時間の長さが、すなわちそのアイドルの人気のバロメーターとなる。ファンとしては、自分が贔屓にする女の子が長い列を作れることが誇らしいのだ。

今日のこの機会を提供してくれた前原への感謝の気持ちとして、その一助になれればいい。夏美はそう思った。しかしそのとき、三人目の少女がステージ上に姿を現した。

そして夏美は、彼女を見つけた。

松浦夏美は恋をしたことがない。

今湧き上がるその気持ちも、また恋ではなかった。

ただ思った。彼女が光り輝くのを、見ていたいと。

その少女は長い黒髪をただ真っ直《す》ぐに垂らして、同じくらい真っ直ぐな脚と真っ直ぐな腕を振り、舞台上に立った。特徴的な目をしていた。目尻の跳ね上がった、大きな猫目。首がとても細い。客席を一瞥《いちべつ》すると、唇を細く開いた。笑ったのだ。

「カエデー！」と、どこからか湧いたそのコールで、夏美は彼女の名を知った。

カエデ、と、口の中で呟《つぶや》く。

その瞬間、もう、すべてが揺るぎなくなった。恋とはするものではなく、抵抗もままならず、真っ逆さまに落ちるものだと聞いたことがある。その点でいうなら、これは恋だ。湧き上がる多幸感に身をゆだね、この空間、この時間に、彼女にすべてを捧《ささ》げたい。

彼女の名前を叫ぼうと、夏美が大きく息を吸い込んだ、そのとき、嫌なノイズに続いて、ぶつん、と、音楽が途切れた。

「え？」

「すいませーん、音響トラブルです」

後ろの音響ブースから、声がかかった。

場内には弾かれたような笑い声と、気楽なブーイングが響いた。ステージ上のまなみんともうひとりの少女は困ったような笑みを浮かべ、小走りで舞台袖に戻っていった。

ひとりとり残された少女がそれに続き、一瞬だけ客席に視線を向け消えていくまでを、夏美は食い入るように見ていた。照明が点《つ》き、フロア全体が明るくなる。髪が乱れ、上気した客の顔が、急な現実感を伴って照らし出される。

「このハコ、こういうトラブルよくあるんですよ。もう古いから」

　数秒前までまなみんへの熱狂的なアピールを行っていた前原が、息を整えながら言った。

「まあ、数分で直ると」

「前原さん」

　前原の言葉を遮り、夏美は言った。

「私を持ち上げてください」

「え？」

「曲が再開したら、私をリフトで上げてください」

「いやいやいやいや、それは危ないですよ」

　そう答えたのは、またいつの間にか隣に陣取っていた前原の連れ「もっちゃん」だ。

「初参加でリフトって、無茶ですって。それもこんな、あの、あれ、女の方が」

　中年の、と言わなかったのは、もっちゃんなりの気遣いだろう。

「大丈夫です。私、学生時代バレー部でしたから」

夏美は深く頷いて前原を見つめた。けれど、前原は思い切り困った顔をして、首を横に振った。

「いや、やめた方がいいですよ。崩れたりしたら危ないです」

「そうですよ、松浦さん。ああいうのって、本当にガチなオタクの人がやるやつじゃないですか」

隣の日村は心配そうな顔で、夏美の袖を引く。彼女は気づいていないのだ。数秒前に、夏美が本当にガチなオタクの人になったということに。

「そこを、なんとか」

「いやいや」

「お願いします。死んでも文句は言いませんから」

「え、いやー。でもですねー……」

そこへ再び音響から「五分後再開しまーす」と声がかかった。フロアには安心したような笑い声が広がる。夏美は焦った。どうしても、上がりたい。先ほどの少女、カエデと同じ目線に立ちたい。

「前原さん」

「はい……」

前原は迷惑感のだだもれな顔で答える。松浦さん、酔ってます？　と日村が尋ねた。

「実は私……あの子の、カエデの叔母《おば》なんです」

夏美は嘘《うそ》をついた。

「え、叔母？」

「はい」

頷きながら、夏美はちらりと後悔した。しょうもない嘘をついてしまったかもしれない。なに言ってんだこいつ、と思われて終わりかも。しかし、二回ほどまばたきを繰り返した後で、前原は両手を打った。

「ああああ……なるほど。そっか、だから松浦さん、ライブに来る気になったんですね。そっかそっか。不思議だったんですよ、こういうの、松浦さん興味なさそうなのになんでかなーって。そうか、そうだったんですね」

しきりに手を叩《たた》く前原の隣で、もっちゃんが「うおお、すげえ」と感嘆の声を上げた。横の日村も「えーそうだったんですねー」と、素直に驚いている。あ、ちょろいな、と思った。いける。

「そうなんです。私、こういう騒がしいところ得意じゃなくて、今まで一度もあの子のステージを見たことがなかったんですけど。でも、先ほどのガールズフレアさんたちのパフォーマンスを見て、ああ、アイドルの子たちって、こんなに頑張ってるんだ、こんなにきらきらしてるんだ、って、初めてわかって。その、すごく感動したんです。だから私、あの子のこと、一番に応援してあげたい。この気持ちを、あの子に伝えたいんです。危険なのはわかっています。それでもどうか、私のことを、あの子のところまで、持ち上げてくださいませんか」

ぺらぺらと動く口を、どこか他人のもののように俯瞰《ふかん》する自分の存在を、夏美は頭の片隅に感じた。なにを言っているの、なにをそんなに必死になっているの、と呆然《ぼうぜん》としている自分。慣れ親しんだ理性的な自分が、今の自分を引いた目で見ている。けれど今の夏美には、そんな視線にかまっている余裕はなかった。

「……そういう、事情なら」

前原は苦い顔で、しかしそこからの行動は早かった。再開を待つ客たちの間を器用に抜け、何人かの男に声をかけると、あっという間に初心者を持ち上げるための精鋭を集めて、夏美のもとへと戻ってきた。カエデの目の前に上がれるよう、あらかじめ彼女の立ち位置である舞台下手《しもて》に移動する。日村は心配そうな顔を崩さなかったが、夏美が上がるのを近くで見たいと、ついてきた。

「お腹《なか》に力を入れて、やや前かがみを意識してください。最初のサビに入るタイミングで上げます。直前で足を摑みますんで」

「わかりました。よろしくお願いします」

夏美が頭を下げるのを見計らったかのように、照明が落ち、音楽が鳴りだした。仕切り直しを鼓舞する「うおおお」の掛け声が気持ちを掻《か》き立てる。

そして再び、少女たちが現れた。夏美はカエデを見た。そしてまた、心を奪われた。真っ逆さまに、恋に似たなにかに突き落とされる。

左右の足を、数十分まえに初めて会話を交わしたもっちゃんと、数分前に初めて顔を合わせたラッキーさんという男が摑む。ヒールのある靴を履いてこなくて良かった、と、夏美は思った。姑息《こそく》な嘘で踏み台を依頼しておいて、うっかり蹴ってしまったりでもしたら本当に申し訳がない。

前原が集めた他の面々は、初挑戦の夏美が倒れて事故など起こさぬよう、周辺に陣取って、もしもの場合に備えてくれている。やがて、曲の盛り上がりは最高潮に達する。夏美の目は、ただひたむきに、ステージ上のカエデを見ていた。

サビが始まる。

ぐ、と重力の存在を急激に感じながら、それでも安定して一直線に、夏美の身体は高く持ち上げられた。最後に人に持ち上げられるという経験をしたのは、いつだっただろう。覚えていない。子供の頃、誰か大人におんぶされた、それが最後だろうか。

まず最初に、足元に広がる他の客たちの頭のてっぺんが見えた。ステージからのライトを受けて、複雑な陰影を作りながら飛び跳ねる頭たち。黒い凹凸が、なにか大きな生き物の体内でうごめく消化器官のようにも見えた。不気味で、グロテスク。

その向こうに、燦然《さんぜん》と光り輝くステージがある。

すぐに、少女と目が合った、ように思えた。同じ高さの、同じ世界。人の頭の波の向こうで、カエデがまっすぐにこちらを見ている。彼女は、少し驚いたような顔をした、ように見えた。夏美の頰を、温かな涙がつたった。

最後に嬉しくて泣いたのはいつだっただろう。

覚えていない。もしかして、生まれたときだろうか。

夏美は自分の人生が好きだった。整理整頓が行き届き、清潔で、モノトーンでひんやりとした彼女の部屋のような人生。ただ、いつか喜びに飽きるかもしれないという、そのことだけが怖かった。そこに飛び込んできた、ひらひらした衣装や大音量の音楽、眩《まばゆ》いスポットライトを引き連れた少女。今怖いのは、彼女を失うことだけだ。

その数秒間が、夏美には永遠のように感じられた。やがて再び重力を感じ、気づいたときには、やたらぐにゃぐにゃとした安定しないフロアの上に、両足を踏ん張りなんとか立っていた。ステージ上では、一瞬確かに世界のつながったカエデが、可憐《かれん》なダンスを続けている。涙の止まらない夏美の肩を、日村がそっと支えてくれた。

「姪っ子さん、びっくりしてましたね。松浦さんのアピール、凄《すご》かったですよ。めっちゃ叫んでたし」

「叫んでた？　私」

「はい。カエデーとか、かわいいー、とか。あと、ありがとうー、とか言ってました」

「初めてとは思えないくらい良かったですよ。魂のこもった、熱いリフトでした」

一仕事終えた感のあるラッキーさんが言った。夏美よりもやや年下と思しき彼は、オタクの顔の下に休日のお父さんのような柔らかな雰囲気がにじんでいた。夏美はそこにつけこんだ。

「あの、もう一回お願いできませんか」

恋をすると人は欲張りになる。図々しく身勝手になり、盲目的で自己中心的で他人の都合を考えないはた迷惑な存在となる。そういった点でも、これは恋だった。

「もう一回」

「次の曲も」

「あと一回だけ」

「さっきのイマイチだったんでもう一回」

「よし、次の曲もこんな感じで」

なんだかずっとリフトされてるおばさんがいる、という事実に、場内全体が気づき始めていた。物珍しさはフロアを良い意味で乱し、あの人はカエデの親戚らしいよ、という情報が口伝《くちづ》てに広まると、地下の空間は妙にアットホームな雰囲気で満ちた。

「ところで松浦さん、カエデ……さんが姪ってことは、その、まなみんとも、オフのときに会ったこととかあったりするんですか」

何度目かのMCに入ったタイミングで、前原が夏美の耳元ぎりぎりにまで口を寄せて言った。

「ごめんなさい……そういうことは、あの子に口止めされてて」

「いや！　そっすよね。そういうのはやっぱダメっすよね……。うん。そうだ。その通りですね。ファンとして節度はわきまえないと。うん。いや、大変失礼いたしました。危ない危ない」

前原はひとり納得したらしく、胸に手を当て自分の言葉を噛みしめていた。

身内だと嘘をつき周りを利用したことは、ファンとしてどれくらい節度を見失った行為になるだろう、と、幸福感に朦朧《もうろう》とした頭で夏美は思った。ばれたらまずい。なにか対策を考えよう。だって自分は、今後とも末長くファン活動を続けていくのだから。

自分の脳にはもう取り返しのつかない回路が出来上がってしまったと夏美にはわかった。もう以前の自分には戻れない。幸せに飽きる前に、幸せとはまた違う別の感情、感覚に魅了されてしまった。

「えーみなさん、次が本日ラストの曲になります」

ステージの上、軽く息を乱しながらまなみんがそう言うと、客席からは「うおおお」と「えええぇ」の二種類の声が統率されたように調和して響いた。

「最後の曲に行くまえにー、実は今日みなさんに、お伝えしたいことがありまーす」

カエデがそう続ける。「うおおお」に混じって「なになにー?」の声がちらほらと上がる。なになにー、と、夏美も胸の中で問いかけた。

「ご存知の方もいるかもしれませんが、えっと、来週の水曜日、十五日に、私たちの三枚目のシングルが発売になります」

最後まで名前を覚えられなかったなんとかちゃんがたどたどしく話し終える。フロア全体を、わっと温かな歓声が包んだ。なるほど、こういう告知タイムもあるのね、と、夏美は微笑ましい気持ちで肩の力を抜いた。絶対に買おう。

「新曲、よろしくお願いしますねー。えーっと、それでなんですけど……。今日はもうひとつ、みなさんにお伝えしなければならない大切なご報告があります」

CDの発売を祝う声援がやや収まったタイミングで、再びまなみんがマイクをかまえた。なになにー?　の声が湧く隙すら与えず、少女は言った。

「えっと、急な話で大変恐縮なんですが、新曲の発売をもって、私たち『インソムニア』は、解散しまーす」

「ええええ!」

前原が叫んだ。一拍遅れて、「うそおおん」ともっちゃんが叫んだ。

夏美は一瞬、足元が崩れ落ちたような衝撃を受け、けれど、すぐに思った。

あ、それなら私が、カエデをもらおう。
私、アイドルプロデューサーになる。

★リミット

本当は、宝塚歌劇団に入りたかった。

容姿端麗な女子のみで演じられる、華やかで豪奢《ごうしゃ》で、夢のように美しい歌劇。胸に響く音楽に、眩《まばゆ》く照らされるライト。そこで激しく生きる、浮世離れした美しさをまとったタカラジェンヌたち。その舞台の上に、私も立ちたい。その世界に生きたい。それが私の夢。でも、そのことに最初に気がついたとき、私は既に二十歳《はたち》になっていた。

宝塚歌劇団に入れるのは、宝塚音楽学校の卒業生だけ。宝塚音楽学校に入れるのは、厳しい受験競争を勝ち抜いた、年に約四十人の女子だけ。受験には、年齢制限がある。中学卒業から、高校卒業の年まで。中三から高三までの四年間に私が取り組んでいたことといえば、それは「青森県からの脱出」だった。

青森県は、日本の本州の一番北の、見るからに雪がやばそうな位置に存在する県だ。実際雪がやばい。毎年の雪かきと雪下ろしは、本当にやばい。他にやばいのは、なまり。全国区のテレビ番組で県民が喋《しゃべ》るときなんかは、下にテロップが出されたりする。日本語で話しているのに。

私が生まれたのは、青森県木造町《きづくりまち》。私が小学生の頃に周りの村と合併して、つがる市になった。父は市役所職員。母は専業主婦。よく聞かれるけど、りんごはそんなに好きじゃない。普通。

宝塚音楽学校の受験資格が与えられている貴重な貴重な四年間を、私はその青森県から脱出することだけを考えて生きていた。ちなみに、脱出先として考えていたのは宮城県、仙台市。宮城県は、日本の本州の北から四、五番目くらいに位置する県で、仙台市はその県庁所在地。

は？　東北から東北に脱出してなんの意味があるの？　と、南の方にぬくぬく暮らす人間は考えるかもしれない。東北のパワーバランスを知らない人間なら。

東北をちょっとでもかじったことのある人間なら、そんなことは言わない。宮城県が圧倒的な力をもって東北ヒエラルキーの頂上に君臨しているということは、東北人の誰もが認める真実だから。宮城っていうか、正確には仙台市。っていうか、仙台駅周辺。仙台にはパルコがある。ロフトがあるし、三越があるし、餃子《ギョーザ》の王将もある。仙台は東北の中で唯一、東京の風を感じられる場所なのだ。あくまで個人の見解ですが。

私はとにかく都会に出たかった。理由は、特に私が語らなくてはいけないことでもないと思う。田舎《いなか》の若者が都会に出たがる理由を適当に十個くらい想像してみてほしい。

それが答えだから。

高校卒業と同時に仙台にある美容系の専門学校に入学して、私は青森脱出の目的を果たした。仙台にある学校ならどこでもよかった。勉強も好きじゃなかったし、これといって目指している職業もなかったから、なんとなく華やかで楽しそうな美容関係を選んだ。先に脱出をすませていた当時女子大生の姉とふたりで暮らし、私はあこがれていた都会暮らしをスタートさせた。

パルコやロフトに緊張せずに入れるようになるまで少しかかったけれど、慣れてしまえばどうということはなかった。学校は楽しかったし、放課後や休日はもっと楽しかった。田舎の若者が都会に出てやりたがりそうなことを十個くらい想像してもらえば、それが私のやっていたことだ。二年が過ぎて卒業が迫ったとき、もちろん私は田舎に帰るつもりはなかった。私は、今度はいよいよ東北を脱出だと意気込んでいた。青森の若者が仙台にあこがれるように、仙台の若者は東京にあこがれる。二年間ですっかり仙台の若者となっていた私の目指す場所はひとつ。

東京での就職活動を開始しようと準備を始めていた頃、あれがあった。

宝塚歌劇団宙組《そらぐみ》の、仙台公演。演目は、フランス王妃マリー・アントワネットの許されざる恋を描いた、『ベルサイユのばら―フェルゼンとマリー・アントワネット編―』。

宝塚の存在は知っていた。綺麗《きれい》な女優さんやなんかがテレビの番組で、そこの出身だと誇らしげに語っていたりしたから。仙台に出てきてからは、テレビCMで公演の告知がされるのを見たこともある。舞台やコンサートなんかは全国ツアーを謳《うた》っていても東北をスルーすることが多いけど、たまに気まぐれみたいに北まで足を延ばすとき、その会場はたいてい宮城だ。

でも、当時私がミュージカルに抱《いだ》いていたイメージは、正直言ってネガティブ寄り。劇なのに、なんで歌うの？　ちょっとついていけない世界だなって、そう思っていた。そんな世界を、自分からは絶対に、見に行こうなんて思うはずなかったのに。姉がチケットを貰《もら》ってきて、私を誘った。そしてあっさり、呪いにかかった。あの世界に入りたくて仕方ない。それが私の受けた呪い。

白いワンピースに袖を通して、ため息をつく。プロデューサーの好みの清楚《せいそ》系衣装を着るのが、最近つらくなってきた。専門学校を卒業してもうすぐ三年。私は、二十三歳になっていた。

「ねえ楓《かえで》。ちょっと、言っておきたいことがあるんだけど」

折りたたみのテーブルと椅子が並ぶだけの控室兼更衣室で、ブラジャーをむき出しにしたままの真奈美《まなみ》が言った。うつむいた顔はほんのり朱に染まって、なんだか少し、嬉《うれ》しそう。嫌な予感がした。

「なに」

「私、『インソムニア』辞めるね。卒業する。好きな人ができたの」

「……そう」

私はその意味をじっくり飲み込んで、後に続けるべき言葉を考えた。

「別に、それで辞めなくてもいいんじゃない。私だって彼氏いるし」

「えー、無理だよ。私、嘘《うそ》つけないタイプだから。その人以外の男に媚《こび》売りたくないし」

「嘘と演技は別でしょ。舞台に立って、求められる役をやってるだけで」

「まあ、飽きたってのもあるしね」

真奈美は軽く笑って肩をすくめると、ふたりのこと応援してるよー、と、まるで心のこもらない声で言った。

ふたりっていうのは、私と私の彼氏、ではなくて、私と未来《みく》のことだ。「インソムニア」三人のメンバーの、真奈美が見捨てようとしているふたり。

「そしたら、解散かな」

「えーなんで。ふたりで続ければいいじゃん」

スマホをいじりながら上の空で答える真奈美の横顔を見ながら、私は、ああ、二年間続いたグループの終わりなんてこんなものか、と、凪《な》いだ気持ちでいた。ここの前に所属していたグループは半年、その前は四ヵ月で終了したことを思えば、だいぶ長い間活動してきたつもりでいたけれど、終わりの感慨に大した差もない。真奈美と同じように、もしかしたら私もとっくに飽きていたのかもしれない。

「私と未来じゃまとまんないし」

「んーどっちでもいいけど、どこかのライブで発表かなって思ってたからそのつもりで。それまで内緒にしてね」

「安岡《やすおか》さんと未来には言ったの？」

「安岡さんには昨日ラインした。だから今日話し合いかな。未来にはぎりぎりまで言いたくないんだよねー。あの子内緒とか無理そうじゃない？　意味深な鬱《うつ》ツイートとかしてバラしそう」

「確かに」

　未来はこの春に高校を卒業したばかりの十八歳で、真奈美は今年二十歳。何度も言うようだけれど、私は今年、二十三歳《とし》。宝塚音楽学校の受験資格を失ってから、五年経った。いつまでも死んだ子の歳を数えるようなことをするんじゃない、と姉にはよく言われるけど、自分の歳を考えるとき、私は一緒にその年数も数えてしまう。ついでに言えば、宝塚音楽学校の二年間の履修を終えて宝塚歌劇団に入れていたなら、最低でも三年のキャリアを重ねていたはずの歳だ。美しく高潔な女子たちと切磋琢磨《せっさたくま》しあい、ジェンヌたちと同じくらいに気品あふれるお客様方にちやほやともてはやされていたはずの、歳。

でも、今の私は地元密着型アイドルグループ「インソムニア」で、根暗なガキとお気楽なバカと一緒に汗だくな客たちに愛嬌《あいきょう》を振りまいている。そんな日々も、そろそろ終わるみたい。

三年前、呪いにかかってしまった私は、舞台に立ちたくて正気を失いそうだった。本当に立ちたい舞台への扉は固く閉ざされていたので、私はほとんど手当たり次第に、似た扉を叩《たた》いた。といっても、私の叩ける扉はやはり限られていた。ダンスや歌の経験もなければ、それらの経験を積むためのお金もない。そもそも、生きていくためのお金がなかった。

実家青森からの仕送りは、学校卒業と同時に打ち切られる予定だった。生活費を稼ぐため、私は働かなければならない。東京は、家賃も物価も仙台より随分高い。それで私は、東京進出を一時保留とすることにした。仙台市内での就職を決めた姉にほとんど寄生する形で宮城に留《とど》まり、経験のない私でも立てそうな舞台を探した。未経験者歓迎を謳った、アマチュア劇団に、声楽団。そのどこも、私の求める舞台とは違った。私が求めるのは、「女子だけで演じられる」「歌とダンスの」「きらびやかな」舞台。そしてできれば、チケットノルマとかが課せられないところ。

そして私は、「地下アイドル」という選択肢にたどり着いた。「地下アイドル」とは一般的に、メディア露出よりもライブ活動に重点を置いたアイドルのことを指すらしい。地下のライブハウスでの公演がメインになることが多いから、「地下」、という名前の由来を聞いたことがあるけれど、本当かどうかはわからない。なんとなく、日が当たらなくて後ろ暗いから、と言われたほうがしっくりくる感じ。ポリシーとしてメディア露出を控えている地下アイドルもいるにはいるんだろうけれど、ほとんどはメディアに取り上げてもらえたりレコード会社と契約できたり大手事務所に所属したりするほどの力がないから、とりあえずまあ地下から始めるか、みたいなノリで活動するパターンが多いように思う。若くて顔がかわいければ、腹式呼吸で歌えなくても、バレエやコンテンポラリーダンスの経験がなくても、立てる舞台だ。

そうして私は新卒のカードと父が用意していた市役所関連のコネと東京進出の目標をいっぺんに棒に振って、今日までアイドル活動を続けてきた。それがどれくらい正気を失った行為なのか、現在進行形で正気を失っている私には、まだよくわからないけれど。

グループの自費で発売予定の新曲のプロモーションイベントを終えて、私は姉と暮らすアパートへと帰った。サブカル系ＣＤショップのバックヤードに無理矢理作った控室では、真奈美とプロデューサーの安岡さんがまだ話し合いを続けているはずだ。真奈美の意志は固そうだし、安岡さんもそこまで熱心にあの子を引き留めたりはしないだろう。一番人気の真奈美が抜けたら、たぶん「インソムニア」は解散。安岡さんは私たちの他にもソロのアイドルを抱えていて、さらにデリバリーメイドなる怪しげな仕事も行っているらしいので、人気が横ばいになって久しい、これ以上の展望も見込めなそうな「インソムニア」に固執する理由がない。彼ももう、私たちに飽きていそう。

「ただいま」

「おかえりー。ごはんは?」

お弁当のふたつ入ったコンビニの袋を差し出すと、姉は「ビニ飯かよー」と文句を言いながらも、素直に受け取り中を漁《あさ》った。2DKの部屋のひとつをリビングに、もう一部屋を衝立《ついたて》で仕切った寝室にして、私たちは暮らしている。家賃は全額姉持ちで、さらに私は姉の大卒資格を利用し在宅で通信教育採点のアルバイトをしているので、私の生《せい》殺与奪《さつよだつ》は完全に姉が握っている。死ねと言われたら死ぬしかない。

「なんか昼に祐二《ゆうじ》君が来たよ」

「え、嘘。なんで?」

「知らない。楓いますかって。バイトでいないって言っといたけど」

「よかった、助かる。今日バイトだって言ったのに、なんで来たんだろう」

「なんか疑ってんじゃないのー？　浮気とか」

「ラインしてみる」

休日はほとんど座椅子から立ち上がらない姉のためにお茶を注《つ》いでから、私はラインを開いた。『今日、来たんだって？』とだけ送って、そういえば今日は、私が「インソムニア」のツイート当番だったと思い出した。グループの公式アカウントにログインして、文面を考える。

『本日のインストア公演も無事終了いたしました。お越しくださった皆さま、本当にありがとうございました。皆さまにお会いできて、一同とても幸せな時間を過ごすことができました。またの機会にも、ぜひお目にかかれれば幸いです』

もっと絵文字とかいっぱい使って女子っぽさを出してよ、と安岡さんに言われたことがある。「インソムニア」ファンからも、カエデのツイートは業務連絡ぽくてトキメかない、ともっぱら不評だ。でも、このツイートを送っているときの私は、タカラジェンヌ。キャリア三年の男役。だから、上品なマダム、うら若きお嬢さん方に向けて、美しい文章で観劇への感謝を綴《つづ》らなくてはいけない。

ツイートボタンを押すと、なんだか疲れがどっと出た。姉の正面の定位置に座って、私もお弁当に手をかける。

「なんか解散するっぽい」

「え？　別れんの？」

唐揚げに集中していた姉が顔を上げた。

「いや、祐二とじゃなくて」

「は？　『インソムニア』？」

「そう」

「えー！　私ちょっとミクちゃんのファンだったのに」

「未来はまた他のグループに入るんじゃないかな。まだ十八だし」

「楓はどうすんの？」

姉の問いに、私は口をつぐんだ。宝塚歌劇団に入りたい、と、脳が勝手に答えようとするのを黙らせる。

「そろそろ働いたら？」

「そうだね」

「え、本当に？」

「いや、考え中」

「やっぱり」

「……いや、本当に考えてるんだって」

「へーえ」

「三年も挑戦できたし、もう満足かなって」

宝塚歌劇団に入りたい、以外の言葉を喋るため、私は苦しいながらも答えた。私の本当の夢も、私が一度もその夢に向かって挑戦できたことがないということも、姉だって知っているけど。

ああそう、と答えた姉はあきれ顔のまま、また唐揚げに向き直った。姉は、私と同じように青森で生まれ、私と同じように都会にあこがれ、私とはちがって堅実に生きている。同じ舞台を見たのに、どうして姉は呪いにかからなかったのだろう。宝塚の公演を見ている人は全国に大勢いるのに、どうしてみんな、呪いにかかっていないのだろう。

どうして私は呪いにかかったんだろう。

翌日、祐二と会うことになった。私が送ったラインに、彼がただ『会って話がしたい』とだけ返してきたから。嫌な予感がした。かしこまった話が必要なつきあい方はしていないはずなのに。

翌日は月曜で、堅実な一般企業事務職員の姉は朝から仕事。だから、うちに来てもらうことにした。祐二とは、あまり外では会いたくない。というか、私はアイドルの仕事以外では、あまり外へは出たくない。部屋から一歩でも外に出たら、私はもう舞台の上に立つ演者なわけで、服装も化粧も髪型も、完璧に整っていなければならない。万が一ファンと出くわしたとき、その夢を壊すような姿をしていたらプロ失格。なわけで、私にとって外出のハードルはすごく高い。

だから、祐二と会うときは私の部屋か向こうの部屋。向こうにとっても、それで都合がいいはずだ。祐二はフリーターで、私ほどではないにせよお金がないから。専門学校時代に合コンで知り合った祐二は、真面目そうな外見と誠実そうな話し方で、でも実際は将来のこともろくに考えずに実家暮らしでふらふらバイトで楽しく暮らしているっていう、そのギャップが私には丁度よかった。向こうも私のことを、姉に寄生してバイトで生きてる半引きこもりだと捉えていて、そこに安心感を覚えているような気配を感じている。アイドル活動のことは、私は彼に内緒にしていた。

「どうも。これ、おみやげ」

「ああ、ありがとう。どうぞ、あがって」

玄関に現れた祐二は、アイスクリームのカップが入ったコンビニ袋を掲げていた。形状からして、ハーゲンダッツ。透けて見える蓋の模様からして、私の好きなチョコレート味。こういうチョイス力に優れたところ、好きだ。

テーブルを挟んで座って、ふたりで早速アイスを食べた。普段は姉の玉座である座椅子に、ふたりのときは私が座る。小さな座布団にあぐらをかいて猫背になる彼の姿も、好きだ。今日は少し、その背中のラインが強《こわ》ばっているように見える。

「昨日、ごめんね。急に来ちゃって。もしかしたら、もうバイト終わってるかなーと思ってさ」

「いいけど。なんの用だったの？」

「用っていうか、報告みたいな」

祐二はアイスクリームのカップをテーブルの上に置いた。その中身が空になっているのを見て、私は嫌な予感を強めた。ハーゲンダッツを一気食いなんて、ふつうじゃない。

「俺さ、ちゃんと就職してないじゃん。楓と会ったの大学四年のときだったけど、卒業してからはずっとフリーターで」

「うん」

「それさ、わりと真剣に夢があってさ。それ、目指してたんだ」

「……うん」

「俺、毎年司法試験受けてたんだよね。弁護士になりたくて」

「……へー」

私は努めて平坦《へいたん》な相づちを打った。

「で、今年の結果発表がだいぶ前にあったんだけど、残念ながら、駄目で。俺、今年が最後だって決めてたから、そっから就活してたんだよ。んで、昨日、ようやく決まって、来月頭から正社員で働くことになったから、その報告と、あと」

「司法試験って、年齢制限があるの？」

「え？」

急に口を挟んだ私に、祐二は一瞬言葉を詰まらせた。

「いや、ないよ。試験自体には」

「じゃあどうして今年までって決めてたの」

自分の声に詰問するような響きを感じて、私は少しうろたえた。

祐二は気にした様子もなく、腕を組んで「うーん」と唸《うな》った。

「まあ、やっぱ駄目だったときの方向転換とか考えると、このくらいかなって。世間的にさ、まだやり直しがきくって見なされる年齢みたいなのあるじゃん。あと一番は、俺自身のリミットかな」

「リミット？」

「そう。勉強頑張っても、やっぱ歳と共に集中力も下がるし、記憶力も下がるし。俺、留年してるからもう二十七って、知ってたっけ？　なにより、この歳になってフリーターだっていう自分に、俺自身が耐えられないっていうか」

「うん」

根性なし。こっちなんて、二十三歳地下アイドルに耐えている。言わないけど。

「でも、どうしてその報告を私にするの。司法試験のことも教えてくれてなかったのに。

急じゃない」

「ああ……うん。試験のことは、黙っててごめん。本当はさ、受かって、びっくりさせたかったんだよね。受かってもいないのにさ、夢ばっか語るような奴《やつ》だと思われたくなくて、黙ってた。でも、結局駄目で、それで話してる今も、まあ、かっこ悪いけど」

「いや、それは別にいいけど」

「でも、仕事のことはちゃんと話しといた方がいいよなって。楓は彼女だから。え、彼女だよね？」

「うん」

「そしたら、なんか、関係あるじゃん。結婚するかもしれない間柄っていうか。つーか、あの、ごめん。結婚してほしいんだけど」

「え？」

「いや、ごめん。これ、タイミングあってる？　なんかパニクってよくわかんないや。いや、あの、結婚してください、っていう話」

私は祐二の顔をまじまじと見た。急に、彼が知らない人に見えてきたから。

少しの間、私たちは黙って見つめ合って、先にしびれを切らしたのは祐二の方だった。

「あの、どう思いますか」

「待って、泣きそう」

言ったそばから、涙が溢《あふ》れた。

「え、うそ。マジか」

祐二は立ち上がって私の隣に膝をつくと、私の頭をそっと包み込むように抱きしめた。

「ごめん、びっくりさせたか」

髪をなでる手が優しくて、胸が詰まった。喉が締め付けられたように、言葉が出てこない。私はただ、「うん」とだけ答えた。頭の上で、祐二が笑った。

「まさか、泣かれるとは思わなかった。でも、なんか、嬉しい。ちょっと、俺も泣きそう」

もういちど「うん」と答えながら、私は、祐二が誤解してくれてよかった、と思った。プロポーズされた女は喜びで泣いたりするっていう認識が世間に浸透していてよかった。

私は、ただ悲しくて泣いていた。すごく悲しい。なにがこんなに悲しいのか、自分でも、はっきりとした理由が摑《つか》めない。

ただ、私は自分の人生が、死に向かって静かに閉じていく気配を感じていた。

結婚したら、宝塚歌劇団には入れない。

「え、意味わかんない。宝塚に入るのはそもそも年齢制限で無理なんだよね？　結婚関係なくない？」

「そう。わかってるんだけどさ」

「ていうか、泣くほど嫌なら断ればいい話じゃないの？　彼氏さん、すごいかわいそー。私だったら絶対素直に喜ぶのになー」

真奈美はうっとりと目を閉じて、たぶん、例の「好きな人」からプロポーズされるシーンでも想像しているのだろう、ため息をついた。恋愛状態に陥った真奈美はいつも幸福そうで酩酊《めいてい》しているみたいに集中力が足りない。今日のレッスンも散々だった。そんな真奈美に人生相談なんて自分でもどうかしてると思うけど、学校を卒業してから同世代の友人と距離ができてしまった私にとって、スタジオのロビーで送迎車を待ちながら真奈美と話すこの時間くらいしか、ガールズトークの機会がない。いいとこのお嬢様らしい未来は、お母様の車でとっとと帰ってしまった。

「いや、相手のことは好きなんだよね。でもなんか、結婚っていうワードが嫌」

「ますます意味わかんないよ。そんなこと言ってられる歳でもなくなってくるよ」

「わかってる」

「じゃあもう結婚しときなよ。うちらふたりとも寿卒業で、『インソムニア』解散でいいじゃん。あ、それとも結婚後もアイドルするの？」

「……わからない」

「楓もうちょっとしっかりしなよー」

それだな、と思う。しっかりしなくては。でも、今の私が、なにをどうしたらしっかりできるんだろう。

「真奈美はわりとしっかりしてるよね。私より頭悪いのに、なんでだろう」

「頭悪くないし」

ジュースのストローを噛《か》んでいた口をとがらせて、真奈美は言う。

「私は自分がなにをしたいのかわかってるもん。楽しそうだからアイドル始めて、飽きたから辞めて、今は好きな人と結婚するっていう具体的で身の丈にあった夢を見てるから」

「『インソムニア』始めた頃は、トップ目指そうとか言ってたのに」

そうだ。私も今、久しぶりに思い出したけれど、「インソムニア」のメンバー募集告知には、「いずれはメジャーデビューを視野にいれて、全国区での活動が可能な方、募集」との文言があった。私がここのオーディションを受けようと決意した一番の理由がそこだった。

「そりゃあ人気でて有名になれたらうれしいなーくらいには思ってたけど。でも、まず芸能活動を東北で始めるって時点で本気じゃないよね。本気でそれで生きてくって子なら、最初から東京でてくでしょ。私はちょっとステージ立って満足したら結婚なり就職なりって人生設計だったよ、もとから。楓は違うの?」

「違う。今思い出したけど」

私は、仙台にいながら舞台に立てて、歌と踊りの訓練も積めて、いずれは東京に行けるという、このグループにかけていたのだった。東京に行ったら、宝塚歌劇団に少しは近づけるというイメージがあった。いや、近づいたところで意味がないことはわかっているんだけど、とにかく。

二年の活動の中で、すっかり忘れていた。「インソムニア」が私の人生設計だったのだ。真奈美に辞めると打ち明けられたとき、ふーん、くらいにしか思わなかったけれど、あの瞬間、私の杜撰《ずさん》な計画もぜんぶ崩れさったのだった。

「今気づいたけど、私、今完全にノープラン」

「え、今気づいたの？　私は楓ってプランないなあって知ってたよ。教えてあげたらよかったね」

「なんで、いつから知ってたの？」

「え、なんか本当は宝塚に入りたいとか言い出したとき。ゴールが幻な時点で、プランもなにもないじゃん」

「幻……」

「まあ、高望みしなきゃそれなりに生きてけるでしょ」

真奈美は細い肩をすくめて、気《け》だるげに首をかしげてみせた。

彼女のまとう気楽さには、仙台に生まれた者の驕《おご》りがある。雇用や娯楽や他人に恵まれた場所に実家があるということ。私は、その環境に嫉妬しそうになる自分を抑えた。私が嫉妬するのは、兵庫県宝塚市周辺で生まれた者だけだ。受験資格を得る歳までに、宝塚の存在に気づけた人たち。

「それかさ、結婚しないなら今からでも上京したらいいじゃん。楓って、芸能人の末端くらいなら目指してもイタくない程度には美人だと思うよ。ちょっと笑顔が独特だけど」

「……いや、二十三って歳が気になる。しっかりしたキャリアもないのに」

「五個くらいサバ読めば？」

いよいよこの話に飽きてきたらしい真奈美が、スマホを眺めながら言った。そのときスタジオの扉が開いて、車のキーを手にした安岡さんが姿を現した。

「お待たせ。行こっか」

「インソムニア」に専属のドライバーなんてものは存在しないので、現場やレッスンスタジオまでの送迎はプロデューサーの安岡さんが担当している。さらに、「インソムニア」のオリジナル楽曲は作詞作曲振り付けまでも彼が自ら行っていて、編曲だけは音大卒の知り合いに頼んでいるという。口にしたことはないけれど、彼らの作る軽薄でポップな曲が、私は結構好きだった。

「あ、解散発表のタイミング決めたよ。今度の合同ライブね、他のグループのプロデューサーに頼んで、トリにしてもらったから」

駐車場までの道を歩きながら、安岡さんは振り向きもせず気楽そうに言った。ああ、やっぱり解散になるんだ、と私はそこで初めて彼の口から聞いたわけだけれど、まあわかっていた話なので、ただ「はい」とだけ答えた。

「あ、ねえ、解散した後のことだけどさ。楓はまだ移籍先とか決めてないよね」

「え……はい」

「そしたらさ、バイトとか繋《つな》ぎとか掛け持ちでもいいから、うちの『メイドメイデン』に登録しない？　俺がプロデュースしてる、デリバリー式のメイドサービスなんだけど」

「えー駄目ですよー。楓、プロポーズされたんですってー。結婚控えてるのに、そんなエロいバイト彼氏にばれたらまずいでしょう」

「あ、そうなの、おめでとう。でも大丈夫、うちのメイドはエロくないやつだから」

「エロくないメイドをデリバリーしてなんの意味があるんですか？」

「楓、どう？」

「え……いや、どうでしょう」

エロくないメイドになるか、否か、という選択肢が、今目の前に差し出されている。

その事実に、私の頭はここ数年でちょっとなかったくらいクールダウンしていた。引く、というか、冷める、というか、萎《な》える、というか。

「楓なら人気でると思うんだよね。美人だし。ちょっと笑顔が独特だけど」

「美人が関係あるってことはやっぱエロ目的なやつってことじゃないですか」

「違うんだって。エロとかじゃなくてロマンの話なんだって」

私はお世辞をもらうには苦労しない程度に美人で、背もそれなりに高くて、アルトの声はなかなか素敵と褒められる。兵庫県宝塚市に生まれてさえいれば、すべてが叶《かな》ったかもしれない。幼少期から宝塚を見て育って、同じく宝塚に親しんだ大人たちに見出されて、宝塚音楽学校受験資格を得るそのときを今か今かと待ちながら、日々レッスンにいそしむ少女期を過ごせたかも。

でも私は青森県木造町に生まれ、仙台市に暮らすことだけを夢見ながら、その時期を消費した。でも、その日々は別に不幸でもなんでもなくて、ふつうに楽しく幸福だった。

「どうかな？　本当に、エロくなくていいやつだから」

あ、なんか、もういいや。

なんだか、呪いが解けた。

グループの解散がきっかけだったのかもしれないし、祐二からのプロポーズがきっかけだったのかもしれないし、エロメイドの誘いに萎えたからかもしれないし、単に時間経過で効果が切れたせいかもしれないけれど、呪いはふつうに解けた。びっくり。

とにかく呪いが解けた私は、いろいろなことを全速力でしっかりとさせていった。

祐二とは、まず同棲《どうせい》を始めてみることにした。一緒に住みはじめたとたんに嫌な面ばかり目について、お互いへの愛情がそのまま殺意に変わるかもしれないから。甘えた実家暮らしから抜けた祐二がクレイジーモラハラ男に変わるかもしれないし、姉の家来をやめた私がサイコDV女に変わるかもしれない。

それから、私はたいして多くもない荷物の整理とふたりで暮らす部屋探しを始め、同時に薄給だった在宅アルバイトを辞めた。タカラジェンヌはそのへんでバイトしているところを見られてはいけないというしがらみから抜け出せたので、祐二の新しい職場とも近い、駅前のドラッグストアで働き始めた。おにぎりやドリンクなんかも販売している店舗で、昼時になると結構混む。次々にレジを打ってお客さんをさばくのは、次々に握手やらチェキやらでファンの人をさばくチェキ会と勝手は似ていた。

同世代の女の子や上の世代の主婦の人たちと働くのは、男性ファンにちやほやされながら働くのとはまた違った楽しさがあった。ごくたまにではあるけれど、化粧品に関する質問を受けたりもして、私は美容系専門学校卒の経歴がすべて無駄にはなっていないことを喜んだ。それで、最後のライブが終わったら探そうと考えていた正規雇用求人の、職種の希望も定まった。

　私は急速に、着実に、しっかりしつつあった。地に足が着いているって感じがする。もし、今のタイミングで祐二にフラれたりしたら、青森に帰って市役所勤めをする気にもなるかもしれない。そしてお金を貯《た》めて、今度こそ堅実に東京に行く。どう転んでも幸福な人生が待っていると思えた。地下アイドル二十三歳はつらいけど、ＯＬ二十三歳はまだまだフレッシュな若手社員だし、若妻二十三歳は、最強って感じ。宝塚の呪いが解けた私は、こんなにも自由だ。

　その上で、ライブは楽しみだった。小さな箱の合同ライブでも、私たち目当てに見に来てくれるお客さんだってそれなりにいる。今回のメンツは東京で活躍中の五人組アイドル「ガールズフレア」や女子高生二人組の「フレッサ」など、わりと人気どころが多いから、客の入りは期待できる。私はバイト先とレッスンスタジオと不動産屋をぐるぐるしながら、ライブまでの日々を過ごした。


　ライブ前日の夜、すごく短い夢を見た。

　私は兵庫県宝塚市に旅行に来ていて、駅のホームで電車を待っていた。路線の名前はわからない。ただ、人の少なさと空の色から、早朝なのだということはわかった。新しい空気と旅特有の静かな興奮が胸に満ちて、気分が良い。

ふと気がつくと、ホームにはもうひとり、宝塚音楽学校の制服を着た女の子が立っていた。すっきりと伸びた背筋。短く切った襟足から、白いうなじがのぞいている。

ごくごく自然に、私はその子が憎くてどうしようもなくなって、その背中を線路に突き落とそうと決めた。憎しみの理由は、特に私が語らなくてはいけないようなものでもない。電車の近づくアナウンスが聞こえて、じりじりとその子に近づいて、でも、まさに今だ、というそのとき、横から突然黒い人影が現れた。その人は右手に大きなナイフを持っていた。そして、私と同じ顔をしていた。ていうか、私だ。

その私の目は、ちょっと正気を失ってるなって感じにぎらぎらして、私の前に立つ女子生徒を見つめていた。その私が何をしようとしているのか、私にはわかった。流れるような動作でナイフを振りあげ、女子生徒に向かってくる。私は確かな意志をもって、その子を庇《かば》った。

胸にざっくりナイフが刺さって、勢いのまま、背中から線路に落ちる。私を刺した危険な私もホームに残しておけないので、私はもうひとりの私の腕をつかんで、一緒に落ちた。落ちながら、ホームの上にしっかりと立つ女子生徒の白いソックスが目に飛び込んできて、あ、宝塚音楽学校の生徒は無事だ、よかった、と思う。視線を上げると、驚いたようにこちらを見つめるその少女は、私と同じ顔をしていた。

背中に衝撃。仰向けに倒れた私の上には、青空が広がっている。あれ？　と思った。

見覚えのある空だった。見覚えのある駅。

そこは、私が幸福な少女期を過ごした、青森県つがる市の駅だった。

そこで夢は終わった。私しか登場しない夢だった。これといった意味もない。


楽屋は甘い匂いで溢れていた。香水にヘアオイル、制汗スプレー。十人弱の女の子たちが持ち寄ったお気に入りのあれこれから、それぞれの匂いが香《かぐわ》しく立ち上る。五人組のグループ「ガールズフレア」の子たちが陣取る一角の周りは特に、彼女たちのカラフルな衣装も相まって、匂いが視覚化して見える気さえした。

私が近くの椅子を引いて座ると、ピンク色の衣装を着たメンバーが、ちらりと視線を投げてよこした。気づかないふりで、私はメイクを開始する。あの子たちは、東京の女の子。そう思うと、ほんの少し緊張する。

「よろしくお願いしますね、今日」

鏡越しに声をかけてきたのは、黄色の衣装を着た女の子だった。

「『インソムニア』さん、仙台ですっごく人気のグループだって聞いてます」

礼儀正しく笑顔を向けてくる彼女に、私は少し考えて、「よろしくお願いします」とだけ答えた。私たちが今日解散発表するということを、彼女たちが知っているのかどうか、知らない。結果として無愛想になってしまった私に、黄色の子は特に嫌な顔も見せず、笑みを浮かべたまま自分たちの輪の中に戻った。彼女たちはごく親しい友人同士のようにおしゃべりをしては笑いあい、ときに揃《そろ》って声を上げ発声練習をした。

人見知りをしておいてなんだけれど、楽屋の雰囲気って嫌いじゃない。出番までまだまだ時間があるのに、不必要にこんなに早く楽屋入りしたのは、最後にじっくりその空気を味わいたいと思ったからだ。本番前の浮足立つような緊張感を。

路地裏地下にあるこのライブハウスはアイドル専用の劇場というわけではなく、様々な種類のバンドや貸し切りのパーティーなんかにも使われる。なかなかに老舗で、楽屋の壁はたばこのヤニやポスターを貼ったテープの跡や何かをこぼした染みやらで、全体的に薄茶色い。端の方が腐食して黒くなっている鏡をのぞき込みながら、それでもここが宝塚歌劇団トップスターの楽屋なのだと夢想するのに、私は最初からまったく苦労しなかった。本番を控えたわくわく感は、私をたやすく妄想の世界へと誘《いざな》ってくれた。私は、この場所が好きだった。

「おはようございます」

振り向くと、大きなマスクをつけた未来がいた。目が赤い。まぶたも。

「おはよう。早いね」

「今日は、ラストライブだから……。私、」

「解散の話、いつ聞いたの?」

「あ、おとといです」

「うわ、そっか。なんか、不誠実だよね。安岡さんも真奈美も私も」

「あ……でも、私、内緒とかできないから、仕方ないかも……。今日、いちばん最後に発表するんですよね。それまで、泣かないでちゃんとできるか心配……」

「え、泣くの？」

「え、楓さん泣かないんですか？」

「いや、どうだろう」

地下アイドルに解散と卒業はつきものだ。大学生のお笑いコンビとか、フリーターのバンドとかと同じくらい、インディーズアイドルは不確かで脆弱《ぜいじゃく》で儚《はかな》い存在だから。私もこれまでにいくつものグループの解散を目《ま》の当たりにしてきたし、何人ものアイドルがふつうの女の子に戻っていくのを見てきた。その発表のシーンで、彼女たちが涙に言葉を詰まらせるのも。

「泣いた方が、最後のＣＤも同情で買ってもらえるかもしれないですよ」

未来がものすごく現実的なことを言った。

「ＣＤセールスはうちら関係ないじゃん。お金になるのは今日のチェキバックで最後だよ」

ＣＤの売り上げはそっくりそのまま安岡さんのもので、私たちには一円も入らない。

レッスンスタジオやライブハウスのレンタル、衣装や機材の購入にかかる活動経費を考えると、とても文句は言えない。私たちはどこの事務所にも所属していない完全フリーなので、ライブ後に行われるチェキ会で、お客さんが一枚五百円で撮影してくれるツーショット写真のキックバックが、収入のほとんどだ。

「泣いた方が、チェキ列も延びると思いますよ」

「あー。そうだね」

「でも、そういうの関係なしに、私は泣いちゃうと思います。『インソムニア』には、思い出いっぱいあるから……」

そう話す未来の語尾は既にふるえている。この子は純粋に、悲しがりだ。

未来がその「思い出」をぐずぐず話すのを聞いていると、扉から「『フレッサ』、そろそろ準備」と声がかかった。私は広げていたメイク道具をポーチにしまい、立ち上がった。

「あれ、楓さんも行くんですか」

「うん。袖から見たいの」

「フレッサ」、次いで「ガールズフレア」のパフォーマンスを、舞台袖から通して見た。「フレッサ」は、どこか拙《つたな》さを残しながらもフレッシュではつらつとしたステージ。

「ガールズフレア」は、やっぱり全体としてレベルが高かった。東京の子たちだから、という意識が私の中にあるせいかもしれないけど、全員が全員、しっかりとプロの意識を持ったパフォーマーに見える。

　女の子たちが、歌って、踊る、めくるめくステージ。時間の感覚が歪《ゆが》んだみたいに、あっという間に私たちの出番が来た。舞台裏に集まった真奈美と未来と、MCの打ち合わせを最後にもう一度だけした。オーケー、行こう、という、本当に最後の最後に、真奈美がひとこと、「ごめんね」と言った。

　聞き慣れたイントロが流れ出す。タイミングを取って、舞台の光の中に足を踏み出す。

　全力の笑顔で客席を見下ろすと、そこには、フロアいっぱいにひしめきあう、お客さんたち。狭い地下ライブハウスでは、ステージからフロアの様子が本当によく見える。すぐに、見知った顔をいくつか見つけた。ライブやイベントのたびに駆けつけてくれる常連のお客さん――いつも温かい応援の言葉をかけてくれるおじさんに、本気で口説きにかかってくる学生風の男の子、無礼な態度で気を引こうとする自称アイドル玄人――たち。でもすぐに、ステージのライトを受けるその顔がハレーションして、区別のつかないただの光の粒になった。私の目の表面に、涙の膜が張ったから。

　楽曲や、お客さんの顔、真奈美の言った「ごめんね」や、フロアに満ちた汗の匂い、そのすべてに、私は胸を打たれていた。あ、と思った。私はわりと、これで満足していたのかも。

本当は、本当の本当は宝塚歌劇団に入りたかったけれど、でも、一番の望みじゃなくても、私はこれで、よかったのかも。本当の望みの代わりでも、ちゃんと、この場所が好きだったのかも。この場所にかかわるすべてのものが、私はちょっとずつ、しっかり好きだった。それでいて、終わりを決めた真奈美を恨む気持ちは全くなかった。真奈美が幕を閉じなくても、たぶん結果は同じだったから。

そうして始まった最後のライブは、わりとぐだぐだだった。一曲目でいきなり音響トラブルが起きたり、未来のテンションが明らかに低かったり、それに対して真奈美がちょっとイライラしだしたり、私が歌詞とか振りとかＭＣの順番とかフォーメーションを間違えたり。

私の頭の中には、最後だ、という意識が、ずっと満ちていた。これでもう最後だ。リミットが切れる。私はステージで踊りながら半分自分の中に引きこもって、自分の人生のこれまでのこととかこれからのこととかを考えていた。呪いが完全に解けた私にプロ意識なんて欠片《かけら》も残っていなくて、タカラジェンヌでも地下アイドルでも全然なくて、私はただの、生きるってシステムに途方にくれた二十三歳だった。それでいいんだ、と、思えた。私は舞台を下りて、そしたらきっと、もう妬《ねた》みも恨みも持たずに宝塚の公演を見に行ける。

すべての曲が終わって、真奈美はあっさりとしたトーンで解散を発表した。フロアは驚きと落胆の声で満たされたけれど、心の底から本当に驚いている人は誰もいないように思えた。地方の中堅地下アイドルの解散に驚けるほどピュアな人は、たぶんもっとピュアな何かを応援しているんじゃないかな。宝塚とか。

それでも解散発表後のチェキ会は、ちょっと場が荒れるんじゃないか、と予想された。これまでお金と時間とパッションを注ぎ込んできたアイドルが急に辞めるなんて、驚きはしなくても無責任だと腹を立てるファンも中にはいる。中には、直接話ができるチェキの機会に、直接文句を言おうと考える人だっているかも。五百円のチェキ代を払ってでも、ひとこと文句を言いたいとか、腹いせに迷惑をかけたいとか。とはいえ、ファンの人たちもまあみんな大人だし、そこは紳士ぶりたいオタク同士の自浄作用が働くから、と、安岡さんも真奈美も、あまり真剣には心配していないようだった。未来だけが、ちょっと青い顔をしていた。なにかあったら、大人として彼女を守らなくては、と一応思った。

楽屋で汗を拭き、化粧と髪を整えフロアに戻る。ステージの上では「ガールズフレア」のチェキ列が既に形成されていて、私たち「インソムニア」にはフロアの奥の一角が割り当てられていた。

位置につくなり、ひとりとび抜けた勢いでこちらに向かってくる人影がいることに気がついた。安岡さんの誘導でできかけていた列を突っ切り向かってくるその人は、四十代半ばと思われる女だった。黒のパンツに、淡い花柄のブラウス。緩やかにカールした短い髪は今は少し乱れているけれど、オフィスカジュアルの見本みたいな外見をしている。

そういえば、と思い出す。パフォーマンス中、何度かこの女の姿を見た気がする。自分に思いを馳《は》せるので忙しくて、はっきりと意識する余裕はなかったけれど、確かに何度かこの姿が、視界の中に飛び込んできた。あまりライブハウスでは見ないタイプの人種だ。あまり、私の人生にも登場してこなかったタイプの人間。

「突然ごめんなさい」

まっすぐに私のもとに来たその女は、息を切らしながら言った。私は一瞬、どう返事をしていいものか迷った。順番やルールを守らない厄介なファンをシャットアウトするのは、安岡さんの役割だ。その彼は今、彼の指示にきちんと従い整列している他のファンの人たちと一緒に、不思議そうな顔で私たちを見ている。この女が厄介なファンなのか、それともなにか別の意図を持った誰かなのか、彼にも判断がつかないようだった。

そのとき、顔なじみの常連ファンのひとりが安岡さんに何ごとかをささやいた。安岡さんは安心したように大きく頷《うなず》き、列の形成作業に戻った。よくわからないけれど、危険はない人ということだろうか。私はその女に視線を戻し、「はい」とだけ答えた。

「あの、今、正式な名刺を切らしてしまっていて、急ごしらえで申し訳ないのだけれど、私、こういう者です」

女は慣れた手つきで名刺を差し出した。私はそれを、両手の指先で恐る恐る受け取った。印刷されている女の名は、松浦夏美。聞いたことのない会社の、部長補佐、とある。

「私は、若者向けの……、様々な商品や、サービスの、企画や営業を行っている者です。あなたのステージを見て、感銘を受けました。カエデさん、今のグループを解散なさるんですよね。次はぜひ私に、私の……プロデュースで、その、活動、を、行ってみませんか」

なぜか時々言葉に詰まりながら、けれどとても真摯《しんし》な目で、女は言った。

スカウトだ、と気づくのに、一拍かかった。

スカウトされた。敏腕女性プロデューサーっぽい人に、この私が、スカウトされた。笑い出したいような気持ちになった。同時に、静かに泣きたいような気持ちにも。この人は気づいていないのだ。私のリミットは、もう切れてしまっているということに。

「すごく、光栄です」

絞り出すように、私は言った。「でも」と、続けようとした。でも、無理です。でも、ごめんなさい。でも、私はもう、呪いの解けた世界できちんと生きていこうとしているのです。とっても光栄で、うれしくて、最後の最後でそんなふうに言ってもらえたって

ことは、本当にありがたいです。でも、駄目なんです。でも、

「ぜひ、よろしくお願いします！　頑張ります！」

私は答えた。

呪いが、解けない。

★リアル

私は天使なのです、とその少女に告げられたとき、俺は、うらやましいな、と思った。

最初に何かになりたいと思ったのは、幼稚園のときだ。俺は、テレビの中の戦隊ヒーローのひとり、ヒーローブラックになりたかった。ブラックは普段は他の隊員とはつるまないけれどいざとなったら颯爽《さっそう》と現れ敵を蹴散らすそれは頼りになる男で、かっこいいとはこういうことかと幼心に憧れた。

小学生の時は、野球選手になりたかった。父親の勧めでリトルリーグに参加して、一年中真っ黒に日焼けをしながら、わりと真剣に練習に打ち込んだ。俺は足が速くて持久力もそこそこで、なにより闘争心が強かったから、勝ち負けのあるスポーツというものがそれだけで楽しかった。

中学生になって、ギターに出会って、野球をやめた。音楽で食べていきたい。プロのギタリストになって、人を感動させる音楽を作りたい。ライブとかテレビ出演とかもガンガンして、人気者でお金持ちですごくモテるみたいな人生を送りたい。それが俺の、今からだいたい五年くらい前の時点での、夢だった。

今の俺は、ヒーローにも野球選手にも、ギタリストにもなりたくない。

俺はただ、可愛くなりたい。


ミニスカートが好きなので、すね毛は基本剃《そ》っている。母親のカミソリを使っている。多分、ばれていない。

喉仏を隠すため、トップスはハイネック。手の甲の血管や筋にも男らしさが出るので、指の付け根まで覆える長い袖が楽だ。夏場は、チョーカーやアームカバー、大ぶりのアクセサリーが欠かせない。

ウイッグは、輪郭や眉骨を隠せる重めのもの。安物は明らかに髪質がつるつるだったり生え際が薄かったりするので、バイト代をはたいて質の良いものをひとつだけ買った。毛先だけがピンク色の、黒髪のロング。合わせる服が難しいけれど、とても気に入っている。

あとは化粧。俺のメイクの腕前は日に日に上達している。クラスの地味な女子なんかより、技術も知識も化粧品の所持数もよっぽど上だ。なんなら、もともとの顔の造りだって。

女の子の服を着ようと思ったのは、女の子が好きだったからだ。特に可愛い女の子が好きだ。可愛い女の子が着ている、ひらひらしたスカートやレースの付いたブラウスなんかにも、すごく興味がある。

俺はひとりっ子で女のきょうだいもいなければ、俺が物心つく頃には母親は既に完全なババアだった。我が家にはスカートというものが存在せず、レースやリボンはババアの下着の上でぐったりしていた。中学のとき、軽音部に入った俺は一瞬だけすごくモテた時期があって、初めてデートした同級生の女の子が着てきたミニのワンピースに、それはそれは心を奪われたのだった。家に帰った俺は速攻で通販サイトに飛び、彼女が着ていたのと似たデザインのワンピースを「買い物かご」にぶち込んだ。初めてキスをした興奮と同じくらい、いや、もしかしたらそれ以上に、代金引き換えで買った商品をいかに親にばれずに受け取るかという問題が、俺の胸を高鳴らせていたことを覚えている。

女装に関するものは、（服やウイッグ、二十五・五センチのパンプスから歩き方まで）なんでもネットで手に入った。ネット上には女装をたしなむ男がわんさかいて、大抵が俺よりブスだった。画像加工ソフトでもカバーしきれないゴツゴツの男が、仲間内で「かわいい」ともてはやされているのを見て、俺は、勝てる、と思った。俺なら、この世界でトップをとれる。闘争心を覚えた俺は、部屋でひとり自撮《じど》りした写真を眺めてにやにやするだけではもう満足できず、女装を披露できる場所を常に探すようになっていた。俺はコスプレイベントやコンセプト喫茶なんかを転々として、最後に、地下アイドルの現場という安息の地にたどり着いた。

「翼《つばさ》くんなら女装ってばれないもん、堂々と街中歩けばいいじゃん。そんなこそこそする必要ある?」

アイドルオタク仲間の花《はな》ちゃんが、なんとも気楽そうに言った。

花ちゃんは一推《いちお》しアイドルグループのオリジナルTシャツにショートパンツというようなかなか露出度の高い服装で、でもそんなことは全く意識していないように、バーカウンターの高いスツールに腰かけ脚を組んでいる。気合いの入ったライブの日には、いつもそんな服装だ。花ちゃんは女装をした男ではなく、生まれつき女の子の身体《からだ》を持っている。

「学校の奴《やつ》らに会ったら即死じゃん」

俺は花ちゃんの傍らに斜めに立ち、ボディータッチを狙っているとギリギリ悟られないラインまで近づく。

「知り合いに見られてヤバいなら、ここだって十分危ないじゃん。クラスにドルオタいないの?」

「こういう場所で女装してんのばれるのは別にいい。ネタで済むし。なんなら見せびらかしたいくらい。でも、ふつうの場所をこの格好で歩いてたら、ガチじゃん」

「高校生めんどくさいね」

花ちゃんは気《け》だるげに笑って脚を組み替えた。ビニールのスツールにくっついた肌が剝がれる瞬間の太ももの動きを、俺は心の動画フォルダにそっとしまい込む。

「まあ、今は普通に『インソムニア』のファンだしね」

「どうかなー。翼くん顔ファンっぽいし。すぐに推《お》し変《へん》しそう」

口の端をつり上げて、花ちゃんは笑う。先輩風を吹かせたがっている風のニュアンスがよく出ていて、俺は微笑《ほほえ》ましく思う。

花ちゃんと初めて出会ったのは、去年十月に行われた「インソムニア」のハロウィーンライブイベントだ。女装のためコスプレ関係のイベントを探していた俺は、「インソムニア」がどんな歌を歌っているグループなのか知りもしないまま、ハロウィーンなら女装もオッケーだろ、という雑なノリで参加を決めた。そこで、「インソムニア」結成当初からのファンだという花ちゃんに、声をかけられたのだった。

花ちゃんは自分と同じ女オタク仲間、できれば見た目のかわいい女オタク仲間を探していて、その日は全身パンクロック風のファッションで着飾っていた俺に狙いを定めたとのことだった。女声の発声なんかには興味のない俺は一言発しただけで男と見抜かれたけれど、花ちゃんは人の外観以外にはこだわらないタイプだったみたいだ。

俺は、花ちゃんに見出《みいだ》されたことを誇りに思った。地下の現場でアイドルオタクのおっさんたちにちやほやされるのもそれなりに愉快ではあったけれど、それでは仲間内の温《ぬる》い褒め言葉で気持ちよくなってるブスと同じだ。俺の闘争心はいつからか、女装をした男だけでなく、リアルな女の子までをも競争相手として捉えるようになっていた。同じレベルで戦う女の子である花ちゃんからの賛辞に温さはなく、フラットな目線から与えられた価値ある評価だと思えた。

花ちゃんと仲良くなるのと同時に、俺は「インソムニア」のメンバー、マナミのファンになった。グループで一番かわいくて、胸が大きい。俺は自分よりブスな女がアイドルなんて名乗ってステージに上がるのは見ていられない性質《たち》だけど、彼女はまあ及第点だと思えた。少なくともビジュアルは。パフォーマンスの面では、まだまだ改善点がある。

ライブ後、いつも通りチェキ会に参加した。地下アイドルのライブの後にはたいてい行われる交流イベントで、一枚数百円程度で買えるチェキ券という名の紙切れをメンバーに手渡すと、ツーショットチェキを一枚撮れるシステムだ。撮ったチェキには、メンバーがちょっとしたメッセージなんかを手書きしてくれる。その間、客側からのボディータッチは厳禁だけど、会話は自由。地下アイドルのオタクの中には、ライブよりもこういう接触イベントをメインに考える奴も多い。

花ちゃんと共にチェキの列に並ぶと、マナミがほんの数メートル先に見えた。有象無象《うぞうむぞう》の客たちの肩に手を置いて、笑顔で撮影に臨んでいる。水色のスカートから突き出た脚に触りたいな、と思うと同時に、その清楚《せいそ》な感じのスカートをはきたいな、とも思う。変態的な意味じゃなくて、純粋に装いとして。

「インソムニア」のチェキ列は、それなりに長く延びている。ファンとして、そのことを誇らしく思う。花ちゃんには変わっていると言われるけれど、チェキの列に並んでいるこの待ち時間が、俺はわりと好きだった。並んだオタクたちが、みんな幸せそうなところが良い。いい大人がみんな幸せそうにしている、という空間が珍しくて貴重な感じがする。朝、通学のときに目にする、電車に並ぶ表情筋の伸びきった大人たちとは全然違う。

列が進んで、マナミとの距離が狭まった。客からチェキ券を受け取るとき、マナミの視線が一瞬、こちらに向いた。目が合った。かすかに強張《こわば》った彼女の表情を見て、そう思った。それで俺の、ここのところかすかに感じていた不安が少し濃くなった。

「なんか、ちょっと気まずい」すぐ前に並ぶ花ちゃんに、俺は言った。

「え、なんで？」

「前のチェキのとき、ちょっともめたから」

「あー。そんなん言ってたね。別に、向こうは気にしてないって」

花ちゃんは気楽そうに言う。

「だといいんだけど」

本当に、そうだといいんだけど。列は順調に進んで、ついに花ちゃんにまで順番が回った。マナミの顔が、すぐそこにある。その首と額には、ライブでかいた汗がまだうっすらと残っている。

「わー花ちゃん、いつもありがとー」

マナミは嬉《うれ》しそうに花ちゃんを迎え入れた。すぐ後ろの俺には、顔を向けない。不安が、また少し濃くなる。

前回、数週間前に行われたライブのチェキ会で、俺はマナミにひとつ、アドバイスをした。マナミは明るくてダンスもそれなりにできるけど、日によってテンションに差がありすぎる。その日のパフォーマンスは、ちょっと手抜きが透けて見えた。だから言った。プロなんだから、全ステージ全力でやんなきゃダメじゃん、と。

マナミは笑って答えた。えー、そうだったかな。頑張ったつもりだったけど。じゃー次は、もっと頑張るね、と。いつもはかわいいな、と思うそのゆるっとした喋《しゃべ》り方が、そのときなぜか、俺はとてももじれったく感じた。だから言った。

「いや、マジで危機感もった方がいいって。かわいい人間って、いっぱいいるし」

すると、マナミの美しくマスカラされた丸い目が、スッと細められた。

「は？　うざ」

その二文字の言葉の意味をやっと理解したときには、もう俺は『翼くん、今日もかわいいね！』とメッセージが書かれたチェキを手渡され、列から吐き出されていた。

なんだ、あの女。沸点低すぎだろ。

心からのアドバイスに軽くキレられて、俺は正直ショックだった。あと、ちょっと怖かった。そういえばマナミって、俺より三つも年上だったな、と唐突に思い出した。中学のとき、部活の女子の先輩が理不尽な恐怖政治体制を敷いて、機嫌を損ねると器材とか貸してくれなかったことまで思い出した。そうだ。女って、そういう生き物だった。

でも、もしかしたら俺の言い方にも棘《とげ》があった、かもしれないし、マナミの「うざ」の言い方も、実際は俺が感じたよりずっとマイルドなものだったかもしれない。友達同士でふざけ合う、みたいな。ライブ後時間がたつにつれ、俺はそんな風にも考えられるようになっていた。

だから今日、めげずにまたライブに足を運んだ。花ちゃんに会いたかったのもあるし、女装がしたかったのもある。マナミのパフォーマンスは前回よりも気合いが入っているように見えて、マナミも口ではうざがって見せながらも、俺の言ったことを真摯《しんし》に受け止めてくれたのかもな、と思えた。

「翼くん、今日もありがとー」

花ちゃんにチェキを渡し終えたマナミが笑顔で俺の名前を呼んでくれて、俺はものすごく安心した。いつもの彼女だ。

「マナミ、今日はすごい良かったよ」

「本当？　よかったー。こないだ翼くんに叱られたからさー」

は？　叱ってはねえけど。

「いや、あれは」

「ねえ、ポーズどうする？」

俺は一瞬言葉に詰まりながらも、いつもと同じポーズを指定した。スカートの両端をつまんで広げる、おそろいのポーズ。和やかに、撮影は終了した。和やかにメッセージタイムを終え、和やかに別れる。次の客に笑顔を向けるマナミの横顔を見ながら、けれど、俺の気持ちはもやもやとしていた。

今日、マナミは一度も俺に、「かわいい」と言ってくれなかった。

説教がうざがられるということはわかっていた。好きなアイドルに上から目線で説教を垂れたがるオタクというのは珍しい存在ではなく、そういう輩はほぼ例外なく、アイドルからも他のオタクからも疎《うと》まれる。

でも俺は、こじらせた妄想をアイドルに押し付けようとする見た目にも汚いオタクではなく、女の子のかわいさの何たるかを完璧に理解して体現までしている見た目はかわいい女の子な男である。俺がマナミに伝えたのは有益で正当性のあるアドバイスだ。なのになぜ、俺がマナミにかわいいと言ってもらえなくならなくちゃいけないのだ。

「男だってばれたんだよ」

花ちゃんが言った。

「いや、それはもとからばれてたって。隠してないし。最初のチェキで話したとき、ちゃんと自分から女装で来てすみませんって言ったよ。そしたら、えーうそ、かわいいー、って、褒めてくれたのに」

「だからさ、女装したかわいい男の子の中身が、ただの男だったってばれたんだよ。そしたらもう、かわいくも見えないし」

トイレでメイクを落とし、着替えを済ませて出てきた俺を、花ちゃんはどこか冷めた目で見た。俺は、顔の三分の二を覆っているＬＬサイズのマスクを、更に目の下ぎりぎりまで引き上げる。女装姿の俺を知っている人間に、すっぴんを見られたくない。

「女装してんのは男に決まってんじゃん」

「中身もかわいい男の子なのかなって思ってたんだよ、まなみんは。私も最初はそう思ってたし。でも、翼くんって本当に、中身は普通の男だよね」

「え……まあそりゃ、そうだけど」

「だから、今までの『かわいい子』に対するサービスから、普通のオタクに対するサービスに変わったんだよ。別に嫌われたとかじゃないと思うよ。ただ、特別扱いするような客じゃないなってバレただけ」

「なんで、どうしてバレたんだ」

普通の男がどうだとか、引っかかる部分は他にもあるけれど、なにより納得いかないのは、どうしてマナミが俺を「かわいい」と見なさなくなったのか、だ。

「説教したって自分で言ってたじゃん」

「アドバイスだって。普通の」

「女オタクは女アイドルに説教とかしないから。基本的にどんなウイークポイントでもかわいいかわいいって盲目的に応援して、それでもちょっとこの子違うなって思ったら、なんにも言わないで推し変するよ。説教なんてしたがるのは、彼氏面したがる男だけ」

自分は男女の心理をすべて理解してますけど、とでもいうように話す花ちゃんに、反論するには気分が萎《な》えすぎていた。出待ちに残るという彼女と別れ、俺は女装道具一式の詰まったキャリーケースをごろごろ引きながら家路についた。その間ずっと考えていた。俺は間違っていたのか、どうか。

仙台駅から電車で十分、さらに歩いて十分。量産型マンション三階の家につくと、母親が居間でテレビを見ていた。

「おかえり」

今、女と話したい気分ではなかった。たとえ既に完全にババアな母親であっても。ただいま、と角が立たないぎりぎりの音量で返事をし、俺は母親の背後を素通りしようとした。でも、

「あんたさ」

その一言だけで、あ、説教される、と察しがついた。

「バンドの練習はいいけどさ、最低限の勉強はしてるんでしょうね」

「あー」

「男の子だからある程度自由にさせてるけどさ、ちょっと帰り遅すぎじゃない」

「はい」

「あんたの人生だからうるさく口出ししたくはないけど、少なくともうちには、子供をニートにしてあげられるようなお金はないからね」

その言葉の後半を背中で聞きながら、俺は自分の部屋へと避難した。夢の世界でも現実の世界でも責められるのは耐えられない。ニートになりたいなんて一度も口にしたことがないのに、この母親は何かにつけて「ニートにはなるな」と俺を追い詰めたがる。ニートになることがこの世で一番の罪だと考えているみたいだ。そういえば、人を殺すなよ、とかはあんまり言われたことがない。

俺がなりたいのは、と考えて、ふと幼い頃の記憶がよみがえった。そういえば、俺は昔、戦隊ヒーローになりたいと本気で憧れていたのだった。野球選手になりたかったこともあったし、つい数年前までは、ギタリストになりたいと考えていた。でもそれは、すべてもう過去の話だ。今の俺がなりたいのは……。

そこで、さっき、花ちゃんに言われた言葉の中で、反論を飲み込んだけれど本当は納得がいかなかった部分がようやく見えた。

俺は、彼氏面がしたくてマナミにアドバイスをしたのではない。男だとか女だとかそんなことは一切関係なく、俺はただ、純粋にもどかしかったのだ。自分に見えている物が、マナミには見えていないのが。

俺なら、もっと上に行けるのに。俺だったら、もっと上手《うま》くやれる。

俺はもう、ただのかわいい客でいるだけでは満足できない。俺は、女子地下アイドルになりたい。

「気づいたんだけど、やっぱガチでやるなら同時にできるアプリゲーはふたつまでだわ」

「うそ、俺今四つやってるし」

「いや、それはお前が本気でやってないからだよ。本気でやれるのは二個が限界なんだって。三つ目からは、ログボとるだけとかで惰性になる」

「パズル系とリズム系と横スク系とか分ければ余裕じゃない」

「違うんだなー。情熱のね、容量の問題」

「情熱とか言い出したらさあ」

情熱、という言葉が耳について、俺は顔を上げた。

学校の、休み時間。仲間内でひとつの机に集まって、でも、それぞれが違うゲームをプレイするスマホの画面をのぞき込んでいる。目の合わない会話は気楽だ。でも、

「ねえ、急だけどさ」

「うん」

「夢とかある？」

俺の質問に、右斜め前に座っていた木村《きむら》だけが顔を上げた。正面の後藤《ごとう》と左手のヤッさんは、スマホを見つめたままにやっと笑った。

「どうした」

「いや、聞いたことなかったなーと思って」

「俺はポリス」

「あー、後藤はそう言ってたね」

そうだった。後藤は一年のときから、警察官になりたいと話していた。中学から続け

ているという剣道も、その夢のために始めたと言っていた。いいな、警察官はアリだよな、と思う。夢として。

「偉いな」

「なー」

「俺は正社員」

「あー」

「俺はユーチューバー」

「マジか」

雑にウケを狙ったヤッさんの答えに、俺は親切に笑った。

「翼は？」

木村が真面目な顔をして聞いた。

「えー。俺はニート」

俺の答えに、みんな親切に笑ってくれた。いい奴らだ。「なれるといいな」と笑うみなに、本当は俺は女装をして地下アイドルをやりたいのだと打ち明けたら、どんなリアクションをくれるだろうか。おー、頑張れよ、と応援してくれるだろうか。怖いくらいにドン引きされてお通夜みたいな雰囲気になるだろうか。わからない。趣味として女装をたしなむようになって久しい俺は、女装というコンテンツに対する客観性を失ってしまった。地下アイドルに関しても然《しか》り。

「まあとりあえず、大学行ってだな」

ヤッさんがため息交じりに言った。

「就職したら死ぬまで働くわけっしょ。大学くらい行っておきたいわ」

それなー、と、木村が答える。

その木村と俺は小学校からの同級生で、俺は木村が、かつては航空機のパイロットになりたいと言っていたのを知っている。だから、高校の入学式で顔を合わせたとき、「パイロット目指してるやつがこんなバカ校に来ていいのかよ」と雑にいじった。同じくバカ校に来てしまった自分に対する自虐のつもりもあった。でも、「それなー」と言いながら笑った木村の顔を見て、俺は自分の発言を後悔した。木村はほんとうに悲しそうだったのだ。

バカ校に来てしまった木村はきっとパイロットにはなれないだろう。バカだから。そして俺もきっと女子地下アイドルにはなれない。男だから。

木村は高校受験でその現実にぶちあたり、俺はたぶんあと数年でその現実にぶちあたる。俺はかわいい。かわいいので女の子にも一瞬モテたりする。余計なことを言いがちというちょっとした欠点があるのでモテが持続したりはしないけど、かわいいという俺の特性はリアルでも趣味の世界でも俺を満たしてくれている。

でも俺はかわいくなくなる。既に数年前よりかわいくない気がする。顎《あご》が張ってきたし、首が太くなってきた。肩幅が広がってきていることは細身のブラウスを着るたびに気になっているし、背だってまだ伸びている。俺は成人男性になるのだ。俺はある日、鏡の中のかわいい俺が化粧を塗りたくった成人男性であることを目《ま》の当たりにして絶望する。アイデンティティが死ぬ。一緒に俺も死んだりはしないのに。

私は天使なのです、とその少女に告げられたとき、俺は、うらやましいな、と思った。同時に、うざいな、とも思った。

その子は真っ黒で真っ直《す》ぐな髪を腰まで垂らして、俺の経験的にその髪型の女はちょっとヤバいやつ、という偏見があった。どんなヤバさなのかは蓋を開けてみるまでわからない。性格がヤバいのかメンタルがヤバいのか趣味がヤバいのか。「天使です」という自己紹介的にはその全部がヤバいように思われた。それでも、俺はうらやましかった。その子の目はぱっちりと幅広な二重で鼻も口も小さくて顎はきゅっと細かった。声は余裕のあるソプラノ。鎖骨まで開いたブラウスへと続く喉のラインは真っ直ぐだ。

「よろしくね。ちょっと、不思議ちゃんなんだけど」

花ちゃんが言った。圧倒的にかわいいその子の隣で、花ちゃんの今日も相変わらずむき出しの腕や脚は急激に色あせて見えた。それでも花ちゃんは、にこにこと嬉しそうだった。

「天使なの？」

　俺は聞いた。

「はい」

　その子は答えた。揺るぎない口ぶりだった。お前がどんなつっ込みを寄《よ》こそうが絶対に折れないぞお前がなにを言おうとこっちは天使なんだよ、という確固たる意志が感じられた。

　あー、女の子だなあ、と俺は思った。女の子であるという事実が、この謎のキャラ付けという余裕につながっているのだと強く感じた。彼女には余裕がある。蛇足を描く余裕。それがうらやましくてうざかった。

「こっちは翼くん。見ての通り、女装男子」

「わー、すごくかわいいのに、本当に男の子なんですか？」

「声でわかるでしょー」

「いえ、わかんなかったです」

　腕力でわからせてやろうか、と一瞬思ったけれど、俺は笑顔で「よろしく」と言った。

「インソムニア」のインストアイベントだった。マナミにかわいいと見なされなくなった俺は、参加を迷っていた。地下アイドルとしてのし上がりたいという願望をマナミを通して叶《かな》えたいという無意識から、彼女にちょっとうざい説教をしてしまったという事実はもう自分で認めていた。だから彼女を逆恨みする気持ちはないけれど、俺のことをかわいいと思わない彼女には俺ももう興味はない。ただ、マナミに対するファン心を失った俺はマナミもまたかわいさにおいての競争相手と捉えつつあって、最後に勝負を挑みたかった。俺は自分の持てる最高の技術で女の子の装いをし、マナミの前に立ちたかった。俺の中身がただの男であると思っているマナミに見た目だけのかわいさで勝ちたかった。そうやって気合いを込めて挑んだイベントで、花ちゃんにこの天使ちゃんを紹介されたのだった。

「天使ちゃん、こないだ初めてライブ行ったばっかりで、まだ地下アイドル初心者なの。ツイッターで知り合ってね、もう、めちゃくちゃかわいいからさ、お友達になってって、無理やりお願いしちゃったんだ」

「いえ、私もアイドル好きなお友達が欲しかったので、嬉しかったです」

花ちゃんは、ほんとー？　うれしーい、と、天使ちゃんの細い肩に抱きついた。俺にはそんなふうにフィジカルな接触をしてきたことはないのに。狭い店内に集まりつつあるオタクたちが、華やかに絡む女の子ふたりにちらちら視線を投げてよこす。うざくて、うらやましい。

イベントは始まって終わった。低いステージで「インソムニア」は三曲を歌った。マナミはこちらを見なかった。見たのかもしれないけれど、目は合わなかった。俺はほとんど、横の天使ちゃんを見ていたから。曲に合わせて揺れる天使ちゃんの髪はライトを反射して輝いていて、どうにもそこから目が離せなかった。歌の後にはチェキ会が控えていたけれど、俺はチェキ券を買わなかった。チェキ会に残る花ちゃんに別れを告げると、天使ちゃんがついてきた。天使ちゃんは、一緒に帰りましょう、と言った。俺は断らなかった。俺はたぶん天使ちゃんに惚《ほ》れたのだ。

天使ちゃんの家は海沿いのにぎやかな町。俺とは違う路線を使う。だから俺は、彼女と別れる駅まではぎりぎり女装を保つことにした。同級生に会ったら死ねる、けれど、天使ちゃんのようなかわいい女の子と一緒に歩いているという事実を加味すれば、万が一の場合でも俺の評価は首の皮一枚でつながっていられるだろうと判断した。甘い判断だったかもしれない。まだ二年は高校生活が続くわけで、うちの学校は保守的なタイプのバカが多い田舎《いなか》のバカ高校で、そんな中で変わった趣味がバレることは俺の生活を快適にはしないということはわかっている。けれど、天使ちゃんの前で女装を解きたくなかった。彼女が自分を天使だと言い続けるうちは。

「翼くんは、どうして女の子の服を着ているんですか」

「似合うから」

「ふーん。いつまで似合うでしょうね」

あ、嫌いだこいつ、と思った。俺は一瞬天使ちゃんに惚れたけれどもう嫌いだ。天使ちゃんのくりっとした目は夜のアーケードを真っ直ぐ見つめて、たぶんその言葉に悪意なんて微塵《みじん》も込められていないのだ。天使ちゃんは不思議ちゃんキャラを自分に加算できるくらい余裕のある女で、人の痛みに鈍感。

「まあ、似合わなくなったらやめるよ」

俺は自分の声が悲しそうに響かないように慎重に答えた。けれど俺の声は意識したより半音沈んで聞こえた。木村だって俺に言われる前から自分のバカさに夢が断たれたことを知っていたはずなのにその声に悲しみを隠せなかった。夢見る繊細な心は他人の無遠慮な言葉に簡単に打ちのめされるのだ。もうあきらめている夢であっても。

「そうなる前に、あなたは死にます」

天使ちゃんは言った。

「あなたはハタチになれません」

「えっなに?」

繊細な俺のかわいそうな心について思いを馳《は》せていた俺は、天使ちゃんの言葉を理解するのに時間がかかった。天使ちゃんは黒目だけを俺に向けてもう一度言った。

「あなたはハタチになる前に死にます。女装が似合わなくなれません」

「え、なんで」

「それがあなたの寿命です。死因は言えません。そのときが来るまでは」

「えー……そっかあ。マジか。天使ちゃんって、なんか、天使っていうより死神っぽいね」

　天使ちゃんの天使キャラがよくわからなくて俺は言った。天使ちゃんはうふふ、よく言われます、と笑った。笑いどころもわからない。やっぱりこういう髪型の女の子はヤバいなあ、と俺は自分の偏見が深まるのを感じた。

「怒らないんですね」

「え」

「あと二、三年で死んじゃうって、人間にとっては嫌な話でしょう？　嫌な話をする私が嫌じゃないですか」

「んーまーでもしょうがないじゃん？　寿命なら」

　自分のキャラづくりのために初対面の俺に死の予言を授ける天使ちゃんは人としてどうかなと思うけれど、彼女の言葉の中の、「女装が似合わなくなれません」という一部分だけが、前後の文脈を無視して俺を喜ばせていた。自分が天使だと言い張る天使ちゃんはその予言だって真実だと言い張るわけで、つまり俺が「女装が似合わなく」なることは決してないということも言い張ってくれるのだ。ありがとう天使ちゃん。

「信じていないのですね」

「え、いや、そういうわけじゃないよ」

本当にそういうわけではなかった。俺は天使ちゃんを、積極的に信じようとしていた。

俺はハタチになれず死ぬ。俺は大学に行ってちょっとしたら、卒論を書いたり就職活動をしたりきちんとした企業に勤めたり昇進したり転職したり結婚したり子供をもったりといった人生のあれこれをすっ飛ばして死ぬのだ。そう思うと、がぜん肩の荷が軽くなった。

俺は天使ちゃんとめきめき仲良くなっていった。連絡先を交換して、地下の現場以外でもふたりで出かけることが増えた。天使ちゃんと仲良くするコツは簡単で、どんなにイラッとしても矛盾に気がついても意味不明でも、天使ちゃんが天使だという設定に全力で乗っかることだ。天使ちゃんのキャラ設定は過剰なわりに雑だった。天使だから肉を食べられないとか言った翌週に、あ、久しぶりに牛タン食べたいですーやっぱ利久《りきゆう》ですよねーとか言ったりした。そこでちょっとちょっとと止めたりせずに、あーだよねーとへらへら答えれば俺も彼女もハッピーだ。あと数年で死ぬ俺はこの子と長年の付き合いになったり間違っても真剣に交際したりなんてことにはならないので、彼女に真剣に取り組んで徒《いたず》らに心をすり減らす必要もない。天使ちゃんと出かけるうちに俺は女装に対してどんどん大胆になっていって、親のいない時間を見計らっては女装のまま家を出て、天使ちゃんと落ち合い、街を歩いたりもした。

「でもまだやっぱ、ちょっと緊張するわ。こういう普通のとこで女装してるの」

「大丈夫、バレないですよ。人って人を見分けるとき、その顔立ちや体格より、仕草や歩き方なんかを無意識に捉えているそうですよ。スカートをはくと歩き方って変わりますし、今の翼くんは装いにつられて仕草も女の子らしくなっていると思います」

「そっかー」

ついこないだ会ったときは天使だから人間の生態とかよくわからないと言っていた天使ちゃんが言う。

「でも、人にバレるのが不安なら、どうして地下の現場は気にしないんですか」

「だって、地下ってリアルじゃないじゃん」

そう答えてから、俺は少し考えて付け足した。

「ほとんど」

どうして地下なら女装が平気なのか、それは、どうして天使ちゃんと遊ぶときは女装が平気なのかにも通ずる。天使ちゃんもリアルじゃないからだ。天使ちゃんはリアルでいることを拒否している。だからこうして思いっきりリアルって感じの牛タン屋で牛タン定食を食べていても、どこか、肩が軽いのだ。

地下アイドルの現場で大人のオタクたちは、ここにいるときは現実を忘れられるとかここに来るために現実を頑張れるとか、現実と夢をすっかり切り離して地下に下りてきて、夢を夢として味わって幸福そうだ。

でも俺はまだなにものにもなれるのだ。そのことが苦痛でしかたなかった。なにものにもなれる可能性を秘めた俺はこれからなにものにもなれない苦痛を味わうことになるんだろう。だって俺には、失われゆくかわいさしか取《と》り柄《え》がない。同い歳《どし》の人間がテレビの中で活躍していたり同級生たちが活躍の兆しを見せ始めたりしている中、俺は既に人生にうっすら絶望している。地球は丸いとか自転しているとかと同じように、この世界というのは不景気なのですと生まれたときから教わってきて、それは俺の生来のポジティブさとか陽気さとか努力をすれば夢を摑《つか》めるという感覚とかを蝕《むしば》んでしまった。不景気ビームを浴び続けて俺の希望は枯れてしまった。そして俺は現実的に落としどころのある夢を見つけることができませんでした。高校はバカ校です。働きたくないし結婚とかもしたくない。

でもハタチ前に死ぬならそれらはすべて杞憂《きゆう》だ。地下の現場にいても微妙に残っていたリアルが完全に夢になった。

「私」

天使ちゃんが、急に声色を変えて言った。

「アイドルグループの、オーディションを受けようと思ってるんです」

ぐ、っと、肩の重量が増した。それは——。

「翼くんも、一緒に受けませんか」

「え」

「性別に規定はありませんでした。年齢制限もなし。とにかくやる気のある人募集だそうです。このオーディション情報、花ちゃんに教えてもらったんです。ネットとかに上げてるわけじゃなくて、本当にかわいい子にしか声をかけてないらしいですよ。ここだけの話、元インソムニアのカエデがメンバーに決まっているそうです」

「へー」

うーん、どうしよっかなー、とテーブルに肘《ひじ》をつき気だるく答えながら、俺の頭の中はギュルギュル高速で回転していた。え、マジで？　え、マジで？　うそうそって感じでほとんど空回りだったけれど、俺は真面目に、その提案について考えていた。性別に規定なしといったって、カエデが所属するようなガールズグループなら当然先方が求めているのは女の子だろう。そんなのわざわざ書くまでもないよ、って話だ。俺は喋れば男とバレる。メラニー法やなんかで特訓すれば男でも女声が出せるようになるらしいけれど、適性があって真面目に取り組んでも完璧な習得まで数ヵ月はかかるらしい。

「それ、いつなの？　オーディションの日程は」

「一次審査はメールで随時受け付けているそうです。加工なしの自撮りを数枚添付して、自己アピールと共に送ればオッケーです。通過すれば折り返し連絡があって、二次に進める。募集期限は聞いてないですけど、メンバーが集まり次第終了って感じですかね」

「へー、そっか」

「どうします？」

「うーん、そうだね」

「私は今日応募しますけど」

「マジで。そっか、うーん」

「翼くん」

天使ちゃんはテーブルに身を乗り出すと、テールスープの器を避《よ》けて俺の手を握った。今日の彼女は白い細い小指に金色の猫の指輪をはめていて、それは最強に俺に似合いそうだったけれど俺の指には絶対に入らないだろうなという現実を主張していた。俺は猫から目を逸《そ》らして天使ちゃんの目を見つめ、天使ちゃんの指のさらさらした冷たさだけを思った。

「ね、一緒に頑張りましょう」

俺はイエスと答えた。なぜなら俺は寿命が短いので。

俺たちは牛タン屋を背景に互いの写真を撮り合い、花ちゃんから仕入れたという応募アドレスへとその場でメールを送った。自己アピールには、「自己アピール」で検索して何番目かに出てきた例文をそのまま送った。俺たちはそういうやつだ。店を出た俺らはカラオケに流れ、ＣＤショップをふらふらし、そろそろ帰ろうかというタイミングで件《くだん》のアドレスから返信があった。とても丁寧な文章で、一次審査に通過したという旨と、都合の良い日を教えてください、と、二次審査の候補日が挙げられていた。

「同じ日にしましょうね」

天使ちゃんが俺の分もあわせて返信文を打つ。一次をパスしたというのに、天使ちゃんはあまり嬉しそうではなかった。彼女がどういうテンションでオーディションに臨んでいるのかわからない。夢を追っている高揚感みたいなものが彼女には一切感じられない。だから俺も一次審査通過の喜びを隠した。二次審査への不安も隠した。

今日は母親も父親も家にいるはずなので、天使ちゃんと別れた後は多目的トイレで着替えてから帰宅した。けれどリビングのテーブルの上には両親ふたりで外食に行く旨の書き置きが残されていた。白飯なら冷蔵庫にある。後は自力でなんとかしろ、とのこと。

俺は白飯をレンジで温めながらカップラーメンのためのお湯を沸かした。薬缶《やかん》の前で火を見ながら、スマホでメラニー法について調べた。来週末の二次審査までに習得できそうな女声の発声方法などないということがあらためてわかった。ひとりでの夕食を終え、部屋に引き上げた俺は教科書を開いた。明日提出の課題が終わっていない。

……実際のところを言えば、俺の高校はそこまで言うほどのバカ高校ではないのだ。ぶっちゃけ普通。でも俺が本当に行きたかった学校よりはちょっとバカだ。俺は自分の高校を絶望的なバカ高校だと自虐することでなにかを悟った気でいたいのかもしれない。ハタチ前に死ぬという天使ちゃんの気まぐれな言葉を信じにいっているのと同じだ。

天使ちゃんから離れた俺はもちろんあのヤバい女の子の言葉なんてこれっぽっちも信じていないので、現実のプレッシャーに泣きたくなる。俺は大学受験に励まなくてはならないし就職試験に励まなければならないし、大人にならなくてはならない。きちんとしたおっさんにならなくてはならない。

そういうリアルな未来の不安に比べたら、来週アイドルオーディションに女装で挑んで低い声で喋って恥をかくなんていうのはまったくふざけた不安でしかなくて、むしろ楽しみだ。天使ちゃんはきっと合格するだろう。というかこんな地方の地下アイドルのオーディションなんて誰でも合格するんじゃないか？　女なら。てきとうにメンバーを揃《そろ》えてきとうにライブとかやってきとうにチェキで稼ごうというてきとうなグループの中で天使ちゃんはすごく輝くはずだ。俺はそれを客席から眺める。女の子の格好で。もしも奇跡的にそのグループが数年続けば、いつか俺の服装は会社帰りのスーツとなるのだろう。

オーディション会場は、仙台駅から電車で三十分近く、一度も降りたことのない駅の郊外だった。改札を出ると海が見えた。港の方では何かイベントをやっているらしく、似たような家族連れが同じ方向に歩いていく。俺らの目的地は駅を挟んで港とは反対方向にあるレンタルスタジオだった。高く晴れた空の下、白いワンピースを着た、本当に天使みたいな天使ちゃんと並んで歩きだす。俺はピンクのニットワンピ。ここ最近で一番お気に入りの一枚だ。

スマホの地図を頼りにたどり着いたそこは、想像よりずっとお洒落《しゃれ》で清潔そうな外観の、広々とした建物だった。俺たちが参加するオーディションの他にもいくつかの団体が利用中らしく、ロビーには色々な楽器の音が漏れ聞こえてきていた。休日に練習に集うアマチュアバンドや社会人音楽サークルを想像する。慣れ親しんだ地下の日の当たらない雰囲気とはかけ離れていて、少し居心地が悪い。

「こんにちは」

吹き抜けの二階から、声がかかった。

「門脇翼《かどわき》さんと、菅野瑞穂《かんのみずほ》さん、ですよね」

正面の階段を下りてきたのは、首に幾何学模様のスカーフを巻いたキャリアっぽい雰囲気のおばさんだった。高いヒールを履いて、化粧が濃い。俺の苦手な世界史の教師に若干似ている。

「菅野です。よろしくお願いします」

天使ちゃんが深々と頭を下げた。俺も慌ててそれに倣《なら》う。ただ、声は出せなかった。どのタイミングで出すべきか、まだ判断がつかない。一声発した途端にこのおばさんがヒステリックにキレだしたらどうしようと思うと正直怖い。

「私は松浦夏美と申します」

おばさんは慣れた仕草と発音でジャケットから名刺を取り出して、天使ちゃんと俺に一枚ずつ手渡した。そこには、「ガールズエンタテインメントプロジェクト　総合プロデューサー／ディレクター　松浦夏美」と記されていた。ガール、の文字に心拍数が上がる。やべえ。

「今日はよろしくお願いいたします。順番にお呼びしますので、準備が整ったらブースの前で待っていていただけますか。二階のこちらです。案内しますね」

「はい」

天使ちゃんがソプラノの声で軽やかに答える。これだけでもう彼女は受かったんじゃないかな、と思う。松浦さんに続いて階段を上がり廊下を進むと、扉の前にベンチと自販機が並んだだけの簡素なスペースがあった。そこには既に、中学生くらいの女の子がひとり両足を揃えて座っていた。天使ちゃんと俺を、一秒くらいずつ見て目を逸らす。

「名前が呼ばれたら、ひとりずつ入室してください」

そう言い残して松浦さんは扉の中に消えた。俺たちは、先着の女の子から一番離れたベンチに並んで腰を下ろした。左手奥には非常階段と明かり取りの窓。反響した管楽器の音がどこからか聞こえる。扉の開閉音に、笑い声。

なんだか、不思議な気分だ。

それはなんというか、所謂《いわゆる》「現実感が乏しい」、という感覚とは全く逆で、今の俺には、非現実感が欠けていた。女装してアイドルオーディションを受けに来ているという状況に感じるべき非現実感が足りない。何度も妄想してきたありえない状況の中にいるのだ。俺はもっと、こんな夢みたいな状況に酔いしれたり興奮したりするべきじゃないのか？

俺は普通に緊張していた。普通に緊張して、語るべき自己アピールを普通に真面目に考えていた。俺は普通に、このオーディションに挑もうとしている。

確かに俺は男ですが求められれば女声の習得だってやってみせますしなんならイロモノ枠として捉えてくださっても構わないです。俺は地下の夢のような空間で夢見るだけじゃ物足りない若者なのです。物足りなすぎて飢えて苦しいのです。俺はリアルにそこにいたい。でも俺のリアルはあと数年で死ぬ、あるいは大人になるっていう絶望で、どうしたらいいかわからない。わからないままここに来てしまった。

なんとか話をまとめようと、俺は真面目に考えて、考えて、考えすぎて、隣の天使ちゃんの異変に気がつかなかった。気づいたときには天使ちゃんは既に小刻みに震えて、青い顔をして目はどこか彼方《かなた》の方向を睨《にら》んでいた。え、天使ちゃん、大丈夫？　と声をかけると、天使ちゃんは俺の手をぎゅっと握った。

「どうしよう」

天使ちゃんが、指先に力を込める。

「天使ですって言っていいかな？　やめた方がいい？　怒られるかな。それで落ちたりする？　私……」

天使ちゃんの細くて冷たい指は鉄製のワイヤーみたいに俺の手に食い込む。いてえ、と思ったけれど俺は天使ちゃんのヤバい感じの黒目から目を逸らせない。至近距離で見つめれば天使ちゃんのヤバい黒目はちょっとでかすぎる黒コンタクトをいれているからで（目測十五ミリ。さすがにでかすぎるよ天使ちゃん。俺のなんて十三・五ミリだよ）、それを減算して想像して見ればその目はどこまでも真剣だった。リアルしか見てないみたいな。

「俺は正直、言わない方がいいと思う」

真面目に考えて、俺は答えた。

「そういうキャラ付けで人に接するのって、ちょっと不誠実な感じがするし」

天使ちゃんはかすかに頷《うなず》いて、俺の言葉に耳を傾ける。

「……でも、それが天使ちゃんにとって大事なことなら、言ってもいいと思う。大事なことなんだって、ちゃんと伝わるように言えば」

「……そうですよね」

天使ちゃんは深く息を吸った。勢いをつけて立ち上がり、白いワンピースの裾を揺らしながら振り返る。

「翼くん。私は、天使でいきます」

そのとき、彼女の後ろで扉が開いた。松浦さんが顔を覗《のぞ》かせ、先に来ていた女の子を呼び込む。背筋をまっすぐに伸ばして入室する女の子の背中を見送った俺たちは、手をつないだまま顔を見合わせる。見つめ合う。俺は、普通に胸がどきどきする。

家に帰ると、母親がいた。知っていた。知っていて、俺はあえて着替えずに、女装のままで家の扉を開けたのだった。面倒だったからだ。着替えることも、隠すことも。

ただいま、と声をかけると、ソファにもたれてテレビを見ていた母親は俺を見て、俺の長くてさらさらの髪の毛やレースの付いたニットワンピースやクラシックローズピンクのチークを見た。ニートになるなと脅しつけていた息子が女装で帰ってきたりしてこの母親もちょっと気の毒だな、と思わないでもなかったけれど、俺がどんなにニートになることを恐れているか知りもしないでデリカシーに欠ける追い詰め方をしてきたババアめいい気味だ、と思う部分もあった。俺には一戦交える覚悟もあった。もし、俺のこの趣味について母親が取り乱し否定してきたりしたら。でもババアは身体は完全にテレビの方に向けたまま、「誰かと思った。似合うじゃん」と笑った。

「おう」

俺は答えた。

「でもそのカツラはちょっと変」

母親はそれだけ感想を付け足して、テレビの鑑賞に戻った。

「ご飯冷蔵庫ね」

ちょっと待てよ。もっと息子に興味を持てよ。俺はニート以外にだってなってしまえるんだぜ。それともこの母親は、ニート以外ならどんな人生だって応援してくれるとでもいうのだろうか。

初めて女の子の服を着たとき、世界が開けた気がした。なにかになれる気がしたのだ。戦隊ヒーローをあきらめて野球選手になることをあきらめて音楽でウハウハ生きることをあきらめた俺が、なにかになれる気がした。それはなにか、素晴らしい夢が見られるという期待じゃなくて、現実に、なにかが起こるんじゃないかという予感めいた希望だった。洗面台で化粧を落として母親の化粧水を勝手につけていたところで、スマホが鳴った。

天使ちゃんから、電話だった。手も顔も濡《ぬ》れていた俺は、スマホを置いたままスピーカーで応じた。鏡の中には、いつもの、自分の顔。

「もしもし」

その震える一声だけで、用件がわかった。

「翼くん。私、合格してました」

「おめでとう。良かったね」

「はい」

天使ちゃんの声がはっきりと嬉しそうで、俺も嬉しくなる。本当に、良かった、と思った。プロデューサーの松浦さんは最初の印象よりずっと優しそうで、誠実そうな人柄だと思えた。彼女のもとでなら幸福な活動ができる気がする。天使ちゃんのような女の子であっても。


よろしくお願いします、と俺が腹から声を出したとき、松浦さんはただ目を丸くしただけで、怒り出したりはしなかった。天使ちゃんの次にブースに呼ばれた俺は、事前に考えていた自己アピールだとか男だとバラす手順だとかをちゃんとこなすには緊張しすぎていて、結果的に、ただ正直でいよう、というその方針一点にしか集中できなかった。挨拶に続けて、すみません、俺は女の子じゃないのですけど、と打ち明けると、松浦さんは大人の笑顔を見せた。

「そうなんですね。まったく気がつきませんでした。とっても可愛いから」

その一言で、ずいぶん救われた。かわいいと褒められるのが、俺はとにかく好きなのだ。

松浦さんはそれ以上俺の性別について特に言及してきたりせず、オーディションは普通に進行した。面接があって、アカペラでの歌のテストがあって、照明の下でのカメラテストなるものがあった。ブースの中には松浦さんの他に、休日の父親のような雰囲気の、パッとしないおじさんがひとりいた。なんとなく見覚えがあるような気にさせる風《ふう》貌《ぼう》だった。地下の現場に腐るほどいそうなタイプの人間だ。彼はおそらく松浦さんの部下なんだろう。機材をいじる他はこれといった口出しはしてこず、地声を出した俺にも、丸く見開いた目を向けてきただけだった。たぶん、俺が受けた審査内容は他の女の子たちに行われたのと同じものだ。けれど、かわいさだけで性別の壁を乗り越えられたとは思わない。いかにも玄人っぽい雰囲気の松浦さんが、面接の質問に行き詰まっていたり、部下のおじさんも機材の操作にもたついたりと、わずかに動揺を見せていた。やっぱり、オーディションに男が来たということはかなり想定外の事態だったのだ。即蹴り出されたりしなかったのは、ひとえに松浦さんの優しさだったんだろうな、と思う。

「頑張ってね。応援するよ、マジで」

「ありがとうございます」

緊張の解けたようなため息が、ザザ、とノイズになって届いた。

俺はもう一度おめでとうを言おうと口を開きかけたけれど、天使ちゃんの声が遮った。

「あの」

「うん」

「私は、本当に天使なんですよ」

「え、あー。うん、そっか」

「はい」

天使ちゃんは断固とした口調で言う。絶対に折れないぞ。今日ちょっと一度折れたように見えたかもしれないけれどそれがなにか？　折れてないですけど、みたいな、挑戦的な口調。

「わかった。信じてるよ。でもさ、俺、やっぱりハタチ前に死にたくないかも」

「え？　そうですか」

「うん。なんていうか、もうちょっと考えてみるわ。自分がどんな風になりたいのか」

人生なにが起きるかわからないし。五年前の俺は女装してアイドルオーディションを受ける日が来るとは思っていなかったわけだから、五年後の俺は今想像しているよりは、そんなに絶望していないかもしれない。もう少し考えて、自分で選ぼう。真面目に。

「そうですか」

「うん。だから、天使ちゃんが天使なのは信じてるけど、そこの、俺の寿命の設定は見直してほしいなって」

「無理です。それは神の管轄なので」

なんだよ。そこは「わかりました」でいいじゃないかよ。そういうところ嫌いだ、ほんと。

俺はもやもやを飲み込んで、天使ちゃんの天使な話を少し聞いてあげて、最後に、今度お祝いに焼肉の食べ放題に行こう、と約束して電話を切った。顔を上げて鏡を見ると、俺はわりと楽しそうに笑っていた。

そのとき、再びスマホが震えた。天使ちゃんか。こんなに連絡を寄こすなんて、天使ちゃんって俺のことがたぶん好きなんだろうな、と思う。けれど画面を覗いてみると、そこに表示されていたのは松浦さんの名前で、メールを開いてみるとそれはオーディションで合格を知らせる通知だった。

俺は、マジかよ、と思う。

★天使

私は天使です。訳あって人の世界に来ました。

訳というのは、まあ、簡単に言うとお仕事です。十七年前、私は人の赤子として生まれこの世界に潜入しました。寿命で死ぬまでの数十年の間、人のふりをしながらいくつかの任務を遂行する。それが今回の出張目的です。

しかし、正直に言うと。私はこのたびのプロジェクトに、最初から乗り気ではありませんでした。私に課せられた任務内容は、人間に神託をもたらすこと。神の使い、メッセンジャーです。その任務の根幹に不満があるわけではないのです。愚かな人間に神託を授け正しい道へ導くのは、天使にしかできない大切な仕事ですから。気に入らないのはそのやり方です。

数十年前まで、神託は、人間の脳に直接メッセージを投影するやり方が主に採用されていました。人の脳に電波を送って、神のお言葉を脳内へ直《じか》に見せたり聞かせたりする方法です。現代の人間の言うところの「幻覚」として神託を伝える。これはとても効率的でコスパに優れた手法でした。私たちは平和で快適で幸福な天界のオフィスから、神託マシンを操作するだけで任務を完遂することができました。おかげさまでノー出張、ノー残業。手のあいた時間には猫をなでたりパンケーキを焼いたりマカロンを乾燥させたりと、自由に、豊かに、幸せに暮らすことができていました。

この手法をオワコンたらしめたのは、人間の科学技術、医療技術の発展です。やつらは自らの脳にメスを入れたり電極を刺したりの後、脳内の電波や神経物質と幻覚の関連を見つけだしました。そして、幻覚とは神の授けたもうたメッセージではなく、脳の誤作動、脳疾患の症状であると結論づけたのです。

これには天使も大爆笑でした。おいおい待ってくれよ人間。その電波を送ってるのが神なんだっつーの。しかし、人間の技術はその限界により、我々上位の存在の発見に至ることなく、あろうことか、我々のありがたい神託を受け付けなくなりました。神託、彼らの言うところの幻覚を見ることを拒絶し、神託マシンの電波を妨害する化学物質を服用するようになったのです。かくして、我々天使は旧来の方法に代わる、新たな神託手段を模索することとなりました。

そのひとつが、今回私が請け負っている、人の世界に肉体をもって潜入する作戦です。数十年という出張期間は天使的にもそれなりに長期。正直、つらい。人の世界は天使には合わないのです。人として生きることはとても忙しくて毎日目が回ります。毎日学校に行くとか、毎日ご飯を食べるとか、他人と会話して社会性を保つとか、人の世はだるいことだらけです。さらに、人の世界での私の家族、潜入先のホストファミリーは正直ハズレで、冷たくて意地悪な人間ぞろい。最低です。もう、なにもかもを投げ出して天国に帰りたくなります。でも、帰れません。途中で仕事を投げ出すことは、天使的にNG。

人の世界にしぶしぶ潜入中の天使。それが、私です。

ドアを閉じる大きな音で目が覚めました。それで私は、寝起きのぼんやりとした頭で、今はまだ七時前、と考えました。大きな音でドアを開閉させる粗暴な父親は、七時には家を出るからです。

私はというと、七時に起床したのでは完全に遅刻です。私の通う高校はこのマンションからバスと電車で一時間。私は朝の準備に二時間はかかる性質《たち》なので、今日はもう、あきらめて休もうかな、と思います。

きしむベッドで寝がえりを打つと、リビングから、ヒステリックな女の声が聞こえました。この家にヒステリックな女はひとりしかいないので、それが妹の美和《みわ》の上げた声だとわかります。今年中学三年生になった美和は、受験のストレスからか生来の神経質に磨きをかけて、近頃では一日に一回は金切り声を上げます。内容は、単語帳が見当たらないだとか、穿《は》こうと思っていた靴下が洗濯中であるとか、そんなささいなことです。数秒後、こんどはヒステリックな男の声がしました。粗暴な父親は娘の思春期に対する理解も寛容さも持たず、十五歳の妹と同じレヴェルの精神力しか持たぬので、同じレヴェルでの言い争いともいえぬ叫び合いを繰り広げます。

私は、彼らがいなくなるまで穏やかな眠りは到底得られないと悟り、起きだすことにしました。部屋を出ると、ドアのすぐそばに、大声を上げる夫と娘を冷めた目で見つめる母親の姿がありました。白いシャツの首元にブルーの艶《あで》やかなスカーフを巻いた彼女は私と目が合うと、これみよがしな大きなため息をつきました。音もなく動いた唇は、なにかしらの恨み言を呟《つぶや》いたのでしょう。どうせいつものお決まりの台詞《せりふ》です。私を見ると決まって口にする、「産まなきゃよかった」系のあれこれでしょう。

私の姿を認め、父親は眉をひそめて荒々しい動作でリビングを出ていきました。妹は涙目で私を睨《にら》み、舌打ち。

私はこの家族に嫌われています。絵に描いたような中流階級であるこの一家は教育には厳しく、なにかと優秀な妹に比べ、勉強も運動もあまりぱっとしない私は物心ついたときには冷遇されていました。そうでなくても、愛情に余裕がない人々なのです。疲れていて、苛立《いらだ》っていて、不機嫌な人々。私が天使であると知らぬ彼らは、日々の不満を畏《おそ》れ多くもこの私にぶつけてきやがります。私だって好き好んでこの家に生まれたわけではないというのに。こっちだって仕事だから、しょうがなくここにいるのです。ほんと、末端の人間どもときたら運営の都合も知らずに文句、文句、文句ばっかり。全員くたばればいいのに。マジでカタストロフ。

でも、私はこの境遇に生まれたのが、天使たる私で良かった、とも思いました。私がもし何の後ろ盾も持たぬか弱い人間の女の子だったら、たぶん毎日泣いていたと思いますから。

二時間目の終了時刻間際に、学校に到着しました。サボることもできたのに遅刻してまで学校に行くなんて、私って偉い、さすが天使です。

でも、授業の途中で教室に入っていくなんて目立つ行動は天使的に気が引けるので、私は教室近くのトイレで時間を潰すことにしました。学校で一番好きな場所ってトイレです。鍵がかかるから。

綺麗《きれい》に拭いた便座に隙間なくトイレットペーパーを敷いて座り、私は携帯を開きました。そう、私の携帯電話はスマホではなく、パカパカ開く、所謂《いわゆる》ガラケーです。女子高生にガラケーを持たせるなんてなんたる非道、スマホをよこせ、と天使的視点で思うのですが、人間の大人的にはそれはワガママというものらしいです。確かに、私は冷酷な両親から毎月一定額のお小遣いをもらっています。これ以上を望むのは、ワガママというものなのかも。しかし、携帯端末を買い与えられたのも、私は周りのクラスメイトからは一足遅く、高校に入ってからでした。中学時代、携帯端末を持たないとクラスの輪に入れない、必要な連絡事項も受け取れないと訴える私に、両親は、携帯がないと仲間に入れないなんていうのは本当の友達ではない、本当の友達同士なら仲良くするのに携帯など必要ない、と、どこかで聞いたことがあるような正論っぽいことを述べました。

バカ言ってんじゃねえよって話です。中学生に必要なのは「本当の友達」ではなく、「なんとなく同じグループでなあなあでつるめる人間」です。本当の友達なんてそうやすやすとできるわけがないのだから、まず携帯をよこせ、ってもんです。

しかし私の望みは聞き入れられることなく、ただでさえ人間の苦手な私は本当の友達も偽物の友達もできずに暗黒の中学時代を過ごしました。あの頃は、なんど天国に帰ろうと思ったか知れません。

だから私は喉から手が出るほどにスマホを求めつつも、今この手の中にあるガラケーにも、それなりの愛《いと》しさを感じてはいます。なんといっても、ガラケーでもツイッターはできますから。トイレの個室に満ちる静謐《せいひつ》な空気の中、私はフォローしている十数人のツイートをひとつひとつ眺め、幸福な気持ちになりました。そのほとんどが、綺麗な衣装を着て微笑《ほほえ》むアイドルの女の子たち。彼女たちのまとうきらきらとした雰囲気は、私に天国での満たされた生活を思い出させます。アイドルとは、この荒れ果てた人の世界にもたらされた、神の慈悲的ななにかだと思うのです。

　ひとりノスタルジーに浸っていると、授業の終了を知らせるチャイムの音が鳴り響きました。鍵を開けて、出ていかなくては。気分が沈みます。教室のごみごみとした雰囲気は好きじゃないのです。人間どものうようよいるあの空間、大嫌い。

　やっぱりサボればよかったかなと後ろ向きな気持ちにみまわれつつも、私は天使。高校生に紛れ込むのも、仕事、仕事です。トイレを出て廊下を歩いていると、授業の終了した教室から賑《にぎ》やかな喧騒《けんそう》が湧くのが聞こえました。私は背筋を伸ばし、天使は人間の定めた時間をいちいち気にしたりしない、遅刻なんてへっちゃら、ということを態度で表します。

　自分の教室にさしかかったタイミングで、ちょうど後ろの扉が開き、授業から解放された生徒たちが出てきました。頭の悪そうな男子生徒が私に視線を向け、黙って逸《そ》らします。次いで現れた頭の悪そうな女子生徒も私の顔を真っ直《す》ぐ見つめ、しかし目が合うと無言で逸らします。教室に入っても同じです。皆、私を見はするけれど、話しかけてはこない。有象無象《うぞうむぞう》の人間に話しかけられても面白くもなんともないので、望むところです。私は教室やや後方の自分の席に腰かけ、再び携帯を開きました。周りの雑音を切り捨て、画面の中の可憐《かれん》なアイドルたちを見つめます。中学のときは友達が欲しかったけれど、アイドルという癒しを手に入れた今はもう、人間の友達なんて特に欲しいと思いません。

「菅野じゃん」

教室前方から、そんな声が聞こえました。菅野、というのは、人間の世界での私の苗字《みょうじ》。反応して目を上げると、頭の悪そうな数人の女子のグループが、横目でこちらを見ていました。

「こわーい」

目が合うと、特に頭の悪そうなひとりが仲間たちにそう囁《ささや》き、私から顔を逸らしました。彼女たちの間に、不細工な忍び笑いが広がります。あのブス共は、私がいることもおかまいなしで、というよりは、私に聞かせることを楽しんで、私の陰口を言うのです。人間が苦手な私はそれゆえに、人間から敵視されることも多いのです。

「遅刻とかうざ。来なくていいのにね。誰も待ってないし」

「それね」

「あの人さ、小学生のとき、自分のこと天使とか言ってたらしいよ」

「それ中学でも言ってた」

「なにそれ、やばーい」

私はブスたちの話に耳を傾けながら、ツイッターに呟きを投稿します。内容は、性悪なブスへの文句などではもちろんなく、可憐なアイドルへの賛美。天使たる私は、人間の悪意に付き合うような器は持ち合わせていませんので。

「つーか、普通に今でも自分は天使とか思ってそうじゃない？　あの髪型とかさ……」

とりわけ声の大きな女子が、そう言いました。彼女と私は小学校が同じで、当時は一緒に遊んだこともあったりしたのですが。

「それ怖すぎでしょ」

ああ、全員くたばればいいのに。マジでカタストロフ。

アンニュイにため息をついた私の手の中で、携帯が震えました。それは、ツイッターでメッセージを受信した旨を知らせるものでした。開いてみると、私と同じ仙台近郊に住む女の子から。私も同じアイドルが好きなので、よかったら仲良くしてください、とのお言葉。人の世界への潜入はつらくてだるいお仕事ですが、ほんのときどき、こうした嬉《うれ》しいこともあります。


今、私にはひとつの望みがあります。

それは、高校を中退してアルバイトをしたい、ということ。

私の通っている高校はアルバイトが禁止されています。でも、私はお金が欲しいのです。天使である私には人の世で成し遂げたいことなどないし、正直、高校に通う目的が見出《みいだ》せません。学校なんて疲れるばかりのところはとっとと辞めて、お金を稼いで、お小遣いでは手の届かない、スマホやお洋服を買ったり、アイドルのコンサートを見に行ったりしたいのです。

しかし、そんなことは不可能な夢だとあきらめていました。ホストファミリーの両親は世間体を気にする性質で、娘が高校を中退してフリーターになるということを決して許しはしないだろうとわかっていたからです。高校受験に失敗し、彼らの望む水準の学歴を得られないことが確定的となってからは、私の行動に対する口出しはほとんどされなくなりましたが、それでも完全に見限られたわけではない、完全なやりたい放題が許されたわけではないということは肌で感じていました。私の顔を見るたびにため息をつきなにかと小言を言うのも、まだ彼らが私を見放しきれていないという表れではないかと思うのです。

ツイッターを通して知り合った花ちゃんという専門学校生の女の子と、私は少しずつ仲良くなりました。そして、花ちゃんごひいきの地下アイドルのライブが開催される機会に合わせ、私たちは初めて会うことになりました。ネット上で知り合った人間に会うことも、アイドルのライブを見ることも初めてだった私は、緊張と興奮で落ち着かぬ日々を過ごしていました。

待ち合わせの当日、私は中学時代から着ている一等お気に入りの白いワンピースを選んで、腰までの黒髪を丹念にブラッシングしました。なけなしのお小遣いで買った黒のカラーコンタクトを入れると、気持ちもぐっと高揚します。洗面所で鏡を見つめていると、土曜だというのに塾に出かける妹と鉢合わせしました。私の全身をさっと見て、彼女はひと言、「ださ」とだけ言いました。装いに関しての信念を持たぬ妹には、流行の王道以外はダサいとしか判断できないのでしょう。正直かなりムカつきましたが、ジーンズにパーカー姿で塾に行く、というこの世で何番目かに気の毒な休日を過ごそうとする妹に、私は胸の中でそっと祈りを捧《ささ》げてあげました。

そんな私を、妹は恨みのこもった目で見つめました。なぜ妹が私を恨むのか、さっぱり理解できないし、理解する努力をしたいとも思いません。そんなこと、天使である私の業務内容に含まれていませんから。

私は妹の目の色なんてさっさと忘れ、待ち合わせ場所へと急ぎました。かくして出会った花ちゃんは、さっぱりとした性格の感じの良い女性で、天使だと名乗った私のことを、「不思議ちゃんだねー」のひと言で受け流しました。

私たちの鑑賞したライブは、名前も聞いたことのなかった、「フレッサ」という女子高生二人組のアイドルユニットのものでした。歌も踊りも、テレビで見るアイドルたちよりいささか稚拙ではありましたが、実際に目の前で繰り広げられるパフォーマンスの輝きは、技術云々《うんぬん》では測れない眩《まぶ》しさがありました。

あっという間にライブが終わり、花ちゃんと別れ帰路についてからも、私の胸は高揚し、弾んでいました。それはひととき、自分が天使だという事実を忘れさせるほどの興奮でありました。

自分が天使であると気がついたのは、九歳のときです。気がついた、というか、もちろん、思い出した、という表現の方が正しいですね。私は思い出したのです。

なにがきっかけだったのか、おぼろげですが覚えています。九歳、小学三年生の私は、放課後に友達の家に遊びに行き、そのお宅のお母様の、手作りのケーキをご馳走《ちそう》になりました。その友達とは、今、同じ高校に通う、私を嫌うブスのうちのひとりです。彼女のお母様はにこにことして優しく、まるでテレビのコマーシャルやドラマに出てくるお母さんのようだと感動したのを覚えています。ケーキはしっとりと甘く、なぜか、少し懐かしい味がしました。私の母親は毎日仕事で忙しく、手作りのお菓子など作ったことはありません。なのになぜ、手作りのケーキに、優しい笑顔に、幸福な午後に、胸の奥がうずくような懐かしさを覚えるのでしょう。そこではたと気がつきました。これは、生まれる前の記憶。私には、今のこの日々よりもずっと大切な暮らしがあったような気がする。私の本当の居場所は、幸福で満たされた、雲の上の世界だったりする気がする。私って、もしかして、お話の中に出てくるような天使だったりするような気がする。

そう思い出した瞬間から、私の人間としての人生の価値はふわふわなものになりました。私にとって大切なのは、仮初《かりそめ》の人生なんかよりも、もちろん天使としての役割の方です。私は自分の発見に衝撃を受け、その日の夜、すぐにこの事実を妹に打ち明けました。幼い妹は私の話を目を丸くして聞いていましたが、「だからね、お姉ちゃんは天使なの」と話をまとめると、その瞳にうっすら涙を溜《た》めて、「ずるい」と私を睨みました。

家に帰ると、妹が泣いていました。地を這《は》うような低い泣き声は十代の娘のものとはとても思えず、私は最初、母親が泣いているのかと思いました。けれど、時刻は十九時。最近昇進したばかりだという母親の帰宅時間には早すぎます。それに、あの冷酷な女に涙を流す機能が備わっているとは考えづらいです。リビングには妹の脱ぎ捨てたパーカーが落ちていて、洗面所から聞こえるその声が美和のものであるのは確定的でした。

「ただいま」

私は控えめに声を発しました。あの性悪だって乙女《おとめ》ですもの、ひとり涙にくれたいときだってあるでしょう、邪魔をしては悪いです。ただ、その泣き方があまりにおどろおどろしいのが気にかかります。乙女たるもの、もっと軽やかに美しく泣いてほしいものですが、人間の小娘にそんな注文を付けるのは酷というものでしょうか。

「ただいま」

私は洗面所の戸口に立って、もう一度声をかけました。私の帰宅に気がついた妹が、せめて泣き場所を他に移してくれないかと思ったのです。私もとっととコンタクトをはずして化粧を落としたいのです。正直、邪魔です。

妹は私に答えず、絶えず低く泣き続けています。恐らく、自分のあげる呻《うめ》きでこちらの声が聞こえていないのでしょう。私はそっとドアノブに手をのせました。彼女がなぜ泣いているかはわかりませんが、もしかしたら、私にも多少の慰めを述べることくらいできるかもしれない、と思いました。もしかしたら、このことが姉としての面目躍如《めんもくやくじょ》のきっかけとなるかもしれない、妹との距離がほんの少し縮まったりするかもしれないと、思ってしまいました。

ドアを開けると、まず最初に、妹の血だらけの手が見えました。血の色って、本当に絵の具みたいに赤いです。こんな赤いものを全身に流しながら、え、自分ぜんぜん赤くないですよ、みたいな顔して歩いている人間って、本当に信用ならない。天使の血は透明ですよ。砂糖水でできてます。

妹の血の出どころは左手首に開いた何本かの傷で、右手に握りしめたカミソリで自分でやったんだろうな、というのは簡単に見て取れました。彼女は私の登場に動揺したようで、泣きぬれた目を泳がせながら、それでもクール・ドライを装って、「うざい」と私をはねつけました。

「大丈夫？」

私は尋ねました。正直こちらは血の気が引いて、胸の奥がぎゅうっと痛くてなにやら泣きそうな気分だったのですけれど、私って姉だし、天使だし、落ち着いた態度を見せなきゃな、なんて思ったのでした。そんな私に妹はもう一度「うざい」と言って、乱暴な足取りで洗面所を出ていきました。すれ違いざま、私の肩に自分の肩をぶつけていきます。少しして、部屋の扉を乱暴に閉める音がしました。苛立ちを扉にぶつけるところ、父親そっくりです。その力の強さに、私はすこし安心しました。

見ると、洗面台の縁にはところどころ小さな血の跡がついていましたが、それらはすでに乾いているようでした。妹がどれくらいの間ここでひとり泣いていたのかはわかりませんが、傷自体はそれほど深刻なものではないようです。私はひとつ息をつき、まだ混乱する頭を振りました。そして、手近にあったティッシュペーパーを数枚取って水で濡《ぬ》らし、血の跡をひとつひとつ拭き取る作業にかかりました。ふと視線を上げると、鏡に映る自分と目が合いました。私はまったくの無表情で、なにを考えているのか、今どんな気分なのか、さっぱり読み取ることができません。私って、なんでこんなことをしているのかな、と思います。

でも、大丈夫です。こんなことってよくあることです。私ははじめて見ましたけど。とにかく私は冷静に、天使的な穏やかさで、できることから事態を収束させていきます。

人間のよくわからない生態やなんかで、天使は心を乱されたりしません。

そのとき、玄関が開く物音がしました。洗面所の時計を仰ぎ見ると、父親のいつもの帰宅時間です。私は胸にかすかな安心が広がるのを感じました。父親の帰宅を喜ぶなんて、何年ぶりでしょうか。私はすぐに彼を出迎えに玄関へ急ぎました。

「お父さん」

私の呼びかけに、父はちらりとこちらに視線を向け、「ああ」と返しました。それはほとんどため息で構成されたような声でした。

「あのね」

私は言葉を探しました。妹がリスカしながら号泣してたんだけどあいつメンタルやばくない？　とストレートな表現で打ち明けて、父がその感触を上手《うま》く摑《つか》めるか微妙なところです。デリカシーのない態度で美和を余計に追い詰めるようなことをしでかさないとも限りません。

悩んでいるうちに父は靴を脱ぎ終え、リビングへと足を向けていました。その両肩はがっくりと下がって、まるで、両手に鉛でも抱えているかのよう。「疲労」の二文字が見えるその背中に、私は急いで声をかけました。

「美和が、元気ないみたい」

「……ああ、そう」

「泣いてたみたいなの。なんだか……辛《つら》そうだし」

「ああ」

「相談したほうがいい気がして。もしかしたら、学校とかにも。もし」

　そこで、父親が突然振り返りました。濁った目で、私の顔を真っ直ぐ見つめます。そして、大きなため息をつきました。それは学校でブスたちが放つ悪口と同じ、私に聞かせるためのため息でした。

「いいからもう、おまえは美和の邪魔をするな」

　父親は私に背を向け、そのままキッチンへと消えました。少しして、冷蔵庫を開く音が聞こえてきました。私は考えて……考えて、洗面所へとってかえしました。コンタクトを外して、化粧を落とします。鏡に映る自分の顔からは、あいかわらず感情が読み取れません。

　私は、自分の部屋で休むことにしました。母親の帰りは何時になるかわかりません。そして、母親が帰ってきたとき、彼女に妹についての相談を持ち掛けるガッツが自分にあるか、わかりませんでした。

　私は部屋でひとり携帯を開き、お気に入りのアイドルグループのツイッターを開きました。そのグループのメンバーの中でも、とりわけ私が応援しているひとりは、学生時代に酷《ひど》いいじめにあい、不登校で、引きこもりのような生活をしていた時期があったそうです。

携帯の画面の中で、彼女は笑っていました。今日は新曲のPV撮影があって、仲良しのメンバーたちと景色の綺麗な湖畔を訪れ、最高に幸せであったとのことです。私は画面の中の彼女を思いました。いじめにあって辛い思いをして、でもそれを乗り越えて今スポットライトを浴びる彼女を思いました。苦しみを乗り越えて輝くひとつの魂を思いました。

両親に相談できなかったことは、結果として良かったのかもしれません。翌日、朝一番で私の部屋を訪れた妹は、私の眠るベッドを蹴飛ばして、「親に言ったら殺すから」と去っていきました。私は彼女の気持ちを汲《く》み、口をつぐむことに決めました。誰にもなにも打ち明けずひとり苦しむ権利は、中学生の妹にだってあると思ったからです。ただ、自分で言うのもなんですが、私は傷ついていました。そして、疲れていました。天使ですからね、傷つきやすくて疲れやすいのです。天使だから。

しかし私には、そんなネガティブな気持ちを発信する相手がいませんでした。私はツイッター相手にも人見知りをする性質ですので、友達がいないからといって不特定多数にお気軽に鬱《うつ》ツイートができるほどのコミュニケーション能力もないのです。

家では妹の気配を感じるだけではらはらと緊張し、父親の発散させる疲労とストレスの気配にびくびく怯《おび》えました。家庭で英気を養えない私は学校も休みがちになりました。今学校に行ったら、ブスたちの言葉を真に受け傷ついてしまう気がしたのです。

平日の昼間、ひとりきりの部屋で携帯をいじっているときだけが、私の安息の時間でした。しかし、学校に行くという人間の子供の義務を果たさない私に、家族の視線はますます冷たいものになっていきました。たまに顔を合わせる妹に、私はできるだけ明るく朗らかに話しかけようと試みましたが、彼女は私に対する憎しみを、ますます募らせていくようでした。

翼くんに出会ったのはそんな矢先でした。花ちゃんに誘われて行ったアイドルグループのインストアイベントで、花ちゃんのアイドルファン仲間として紹介されたのが彼でした。

翼くんは男の子でありながら女の子の洋服を好んで着る女装男でした。少し話をしただけで、彼は別に主義や主張や葛藤《かっとう》もなく、ただ愉快に女装を楽しんでいるだけの人間だとわかりました。

私はすぐに、あ、こいつ、なんかむかつく、と思いました。それは、私が多くのクラスメイトたちに感じているのと同じ、甘やかされた子供の雰囲気を彼にも感じたからでした。無条件に愛されている子供の雰囲気。そして私は、あ、こいつに神託を授けなきゃ、と思いました。

イベントが終わり、チェキ会には参加せず帰る翼くんの背中を追って、私は彼と駅まで一緒に帰ることにしました。翼くんは自分が天使から直々《じきじき》に神託を受ける運命にあることなんて一切知らず、のんきに私の横を歩いていました。

「天使ちゃんは、どこに住んでるの？」

「塩釜《しおがま》です」

「そっかー。天国とかじゃないんだね」

「はい。今は仕事でこちらに来ているんです」

「えー大変だね」

バカめ。へらへら笑っていられるのも今のうちだ、人間。

私はあたりさわりのない会話を続けながら、そのタイミングを計りました。そして、ふと話の途切れた瞬間に、天使たる私の脳に天界より授けられたありがたい神託を彼に告げました。

「あなたはハタチになる前に死にます」

「え？」

わお。かわいそうです、翼くん。女装なんて浮かれた趣味を満喫している愛される子供である彼は、しかしそろそろ死んでしまうようです。残酷な予言ですが、神が言っているのだから仕方ありません。私は脳に浮かぶままの神託を彼に伝えたにすぎませんから。

「え、なんで？」

死の予言に不快になる翼くんを思い、私は愉快な気持ちになりました。なんだか少し、日々の疲れが癒されたような気さえしました。と同時に、かすかな不安を覚えます。あれ、私って天使なのに、なんだか性格が悪いみたいだけど、大丈夫かな。

「それがあなたの寿命です。死因は言えません。そのときが来るまでは」

「えー……そっかあ。マジか。天使ちゃんって、なんか、天使っていうより死神っぽいね」

「よく言われます」

そう微笑んだ私に、翼くんはにっこりと笑顔を返しました。愛されている子供の笑みです。私の言葉に不快になった様子は、一切ありません。

「怒らないんですね」

「え」

「あと二、三年で死んじゃうって、人間にとっては嫌な話でしょう？　嫌な話をする私が嫌じゃないですか」

「んーまーでもしょうがないじゃん？　寿命なら」

「信じていないのですね」

「え、いや、そういうわけじゃないよ」

翼くんは、真面目な顔でそう答えました。彼は私の授けた神託を、なんとも粛々と受け入れたようでした。思えば彼は、私が天使であると名乗った瞬間から、その事実をいちども否定していないのでした。

私と翼くんは、めきめきと仲良くなっていきました。無料で開催されるアイドルイベントに出かけたり、カラオケに行ってアイドルソングを歌ったり、ときには少し贅沢《ぜいたく》をして、お洒落《しゃれ》なカフェでお茶をしたり。私にとって翼くんは、私が天使であるという事実を認めてくれる貴重な人間であると同時に、私と普通に接してくれる、大切なお友達となりました。

彼と仲良くなるほどに、私は、自分が自由になっていくような感覚を覚えました。同好の友を得たことで、アイドルたちの輝きも、より身近で現実的なものと感じられるようになりました。「家」とも「学校」とも無縁の人間、無縁の世界と関わることで、私はそこからどんどん解放されて、心が解き放たれていくように感じたのです。

ただ、はたしてそれが良いことなのかどうか、私には判断がつきませんでした。

その知らせは、またしても花ちゃんよりもたらされました。花ちゃんは私に、本当にいろいろなものをもたらしてくれます。

仙台でそこそこの人気を誇っていたアイドルグループ、「インソムニア」が解散を発表したということ。メンバーのひとりであるカエデが、既に新たなグループへの移籍を決めているということ。その新しいグループが、今、メンバーを募集しているということ。

「天使ちゃん、受けてみたらいいんじゃない」

電話越しに、花ちゃんはこともなげに言いました。

「でも、私、学校がありますし」

「バイト感覚で大丈夫じゃないかな。女子高生で地下アイドルやってる子、東京では珍しくないみたいだし。仙台にも最近多いじゃん」

「でも、うちの学校、アルバイトは禁止です」

「ばれなきゃ問題ないって」

「でも」

でも、でも、と否定を繰り返す自分に、私は少しイライラしてきました。やる気がないならばっさりと断ればいいのに。私は、断らざるを得ない理由を自分の外側に探していました。

アイドルを目指す、ということは、ただアイドルを応援することとは比べ物にならないくらい、家や学校と決別する行為だと思えました。私はそこに、確かな自由と解放の気配を感じました。けれど、それははたして良いことでしょうか。

だって、私は、まだ十七歳。まだ、高校生なのです。「家」、「学校」から遠ざかることは、ノーマルな世界から遠ざかることに他ならないように思えました。レールから外れるということ。学校を辞めてアルバイトを始めたい、とずっと願っていたはずなのに、いざその可能性が身近に迫ると、それはとても心もとない感覚で、胸を過《よぎ》る不安はどうにも無視することができないものでした。私って、けっこう常識人なのです。常識人な、天使なのです。

「まあ、応募先のアドレスだけ教えとくから、気が向いたら、ね」

花ちゃんはそう言って電話を切りました。私は携帯を耳にあてたまま、そのからりとした声の余韻をしばし聞きました。彼女の軽やかさに、私は軽い嫉妬を覚えていました。服飾系の専門学校生である花ちゃんは、ひとり暮らしをして、バイトに明け暮れながら好きなことを学び、趣味も充実しています。とても自由な人間。しかし、おい、ちょっと待ってくれよ。

私は天使です。そう、私って天使です。人間の脳をいじくる神託スタイルが通用しなくなったために地上に遣わされた天使なんです。天使たる私が、人間に嫉妬とかあり得ません。いけない、最近ちょっと、その自覚が薄れつつあったように思います。

花ちゃんから送られてきたアドレスを、私はしばらくの間見つめていました。不安に揺れながらも、このメールを消去することは、どうしてもしたくありませんでした。そして私は、一応は私の保護者であるホストファミリーの両親に、まずは相談だけでもしてみようと決意しました。

金曜日、日付が変わる頃に帰宅した母親を、私はリビングで捕まえました。くすんだ色の肌をした母親からは、煙草《タバコ》とお酒の匂いがしました。お酒の匂いをさせておきながら、母はちっとも楽しそうではありませんでした。

「お母さん、ちょっと相談があるの」

ソファに深々と座り込んだ母親にそう切り出すと、母は目を細め、まるで温度のない声で「なに」と答えました。こちらを見ないままの母に、私は自分を奮い立たせ、続けました。

「私、受けたいオーディションがあるの。地元のアイドルグループで、地下アイドルってわかる？　テレビに出るようなメジャーなやつじゃなくて、インディーズで活動するアイドルなんだけど。今、とあるグループが新しいメンバーを募集してて、私、応募してみようと思うんだ。そのグループ、仙台でちょっと人気があった『インソムニア』ってアイドルグループの子が入るってもう決まってて、だから、怪しいやつじゃないと思う。学校はバイト禁止だけど、でも、アイドル活動って、バイトとはまたちょっと違うんじゃないかなって。……ねえ、どう思う？」

話の途中から、母は煙草を吸い始めていました。まったく、態度が悪いです。携帯灰皿を探して鞄《かばん》をまさぐる母に、私は、「ねえ、聞いてる？」と問いました。母はちらりと視線を上げ、私を見ました。

「あんたの言うアイドルって、性風俗みたいなもんでしょ」

「違う。それって、誤解だよ」

地下アイドルの活動について、そのような偏見が少なくないことは知っていますが、地下のネガティブで危険な面だけを切り出して、そのように批判されるのは納得がいきません。

「確かに、アイドルにべたべた触らせてお金を取るってやり方をするグループもあるけど、そういう売り方をしないところだってあるの。その、新しく入ることが決まっている子がいたグループは、接触は握手だけ。ちゃんと、歌とダンスで人気があった」

「それで？　歌と、ダンス？　それをやってなんの意味があるの。芸能人になりたいってこと？　あんた、高校生にもなってそんな夢みたいなこと考えてるの？　正気？」

「芸能人になりたいかどうかは、わかんないけど。でも、アイドル活動がしてみたいの。私は、人に」

「勉強したくない、遊び呆《ほう》けてたいってわけ。学校にも行かないで」

「そうじゃないよ」

そうじゃない、と、私は心から思いました。私は、勉強は嫌いではありません。嫌いなのは、学校。あそこには、私のことを嫌いな人間しかいないから。でも、この母親にそんな悩みを打ち明けるのは嫌でした。この女は、あんたが嫌われるのはあんたに原因があるのよ、とドヤ顔で言うに決まっています。そんな顔、誰がさせてあげるものですか。

ふう、と大きく煙を吐きだした母は、ふと思いついたように私を見上げました。

「ねえ、あんた、その話、美和にしてないよね」

「……してないよ」

「あの子も最近、志望校レベル落としたいとか言ってきて……」

母は眉間に手をやると、心底疲れたように首を振りました。妹が今、どのくらいのストレスを抱えて生きているのか、母はどのくらい知っているのでしょうか。どのくらい、想像しているのでしょうか。

「私、美和はちょっと、休んだ方がいいと思う。最近、辛そうだし」

「受験生なんだから当然でしょう。あんたみたいにてきとうにやってないの」

「でも、本当に、いつも辛そう。いつも楽しそうじゃないよ」

「楽しいばかりでいられるわけないでしょう。ねえ、頼むから美和に余計なことふきこまないでよ。まったく、我慢して産んだ子になんでこんなに苦労かけられるのかしら」

ああ、出ました。また、「産まなきゃよかった」。この女は、バカのひとつ覚えのように私の幼い頃からその言葉を吐き続けています。自分が私を産みだしたと勘違いしているのです。私はこの女の身体《からだ》を使ってこの世界に派遣されてきただけなのに。

しかしまあ、天使の派遣に利用されたこの女も気の毒といえば気の毒です。紫煙を吐き続ける母を見て、私は哀れみを覚えました。もし、私が派遣されず、彼女が自分の望むような優秀な人間の女の子を産めていたなら、彼女の日々ももう少し幸せそうなものになっていたでしょうか。いや、でもどうでしょう。この人間は「産まなきゃよかった」の他にも、「結婚しなきゃよかった」だの、「地方に引っ越さなきゃよかった」だの、しなければよかったと思うことを全部してきての今を生きているのです。

「あのね、あんたみたいに好き勝手生きてるような人間は将来絶対後悔するよ。それがわかってるから、みんな我慢して今を生きてるの」

「……お母さんも、我慢して生きてるんだね」

「……そう」

「それで……」

あなたは幸せなの、と問いかけて、私は思いとどまりました。いつも疲れて不機嫌な両親の生きるモチベーションを私は常々疑問に思っていました。将来の後悔を警告しながら、自らは後悔を口にし続ける両親。けれど、彼らの「我慢」のうちのひとつであろう私がそれを問うのは、なんだか申し訳ない気がしたのでした。天使的配慮です。

しかし、私の沈黙に母は何かを察したようでした。ぐっと眉間にしわを寄せると、吐き捨てるように言いました。

「もう、いいわ。好きにしたらいいんじゃない。絶対後悔すると思うけど。私の知ったことではないし」

「……わかった、好きにする」

私は二本目の煙草に火をつけた母に背を向けました。そのとき、浴室にいた父親が、ちょうどリビングに戻ってきました。

「ねえ、この子、アイドルになりたいんだって」

「はあ？　バカなことを言ってないで」

私は父の言葉を最後まで聞かず、自室に戻りました。

部屋のドアを背中で閉めると、リビングからは、両親の話し声が聞こえました。はっきりとは聞き取れませんが、「くだらない」、「しょうもない」という種類の言葉たちは、真っ直ぐに耳に届きました。ただ、その声はいずれも覇気がなく、私の希望がとにかく彼らを疲れさせているということがわかりました。

真っ暗な部屋を見つめていた目を閉じ、私は気の毒な彼らのために祈りました。疲れ果て、喜びを求めることすら見失った哀れな彼らを悼《いた》みました。そして、アイドルを馬鹿にしやがった彼らをちょっぴり呪いました。まあ、言葉だけで理解を得ようなんて考えた私にも落ち度があったかもしれません。人間は嘘《うそ》つきですからね。人の世界では、行動で示さなくては信頼は得られないのでしょう。孤立無援、ですが、私はきっと示してみせます。

そうして目を開くと、もう決意は固まっていました。私は、彼らのようにはなりたくないのです。

応募の決意を固めたとはいえ、不安が全くないわけではありませんでした。そこで私は、翼くんを巻き込むことにしました。一緒にアイドルのオーディションを受けましょう、とお誘いすると、彼は少し悩んだのちに快諾してくれました。その軽やかさに、しかし私はもう嫉妬を覚えたりはしませんでした。私も軽やかな天使であることを、今はしっかり自覚しているからです。

オーディション会場は、家からの最寄り駅とそう遠くない、海沿いの駅の郊外でした。よく晴れた休日で、潮風が爽やかに香っていました。私は、初めて地下アイドルのライブを訪れたときと同じ白のワンピースを着て、ピンク色の衣装でやってきた翼くんと共に歩きました。素敵なお天気のもと、素敵なお洋服を着て、素敵なお友達と一緒に素敵な道を歩いているというこの瞬間を、シンプルに嬉しく思います。

会場に到着した私たちは、まず最初に、総合プロデューサーを名乗る松浦という女性に会いました。私だってそれほど子供ではありません。人の世界に遣わされてもう十七年も暮らしているんですもの、「アイドルプロデューサー」を名乗る人間がただの変態で、オーディションなんて名目で女子を集めてぐへへへ、とか、それよりもっとやばい人間がとにかくやばい目的で女子を集めてぐへへへ、みたいな可能性だってもちろん考えました。だから、現れたのが表の社会で生きていそうな大人の女性であることに、若干の緊張は覚えつつも安堵《あんど》したのは確かでした。もちろん、この女が臓器のディーラーである可能性だって消えたわけではありませんから、油断はできませんが。

私たちはオーディションが行われる小部屋前の、ちょっとした待合スペースに通されました。自分の名前が呼ばれるのを待つ間、いろいろな事が胸を過りました。いろいろな不安が頭をもたげました。かすかに聞こえる人のざわめきと、自分の心臓の音を聞きながら、私は、自分がアイドルになりたいとどれほど強く願っているのか、そこで初めて自覚しました。

やがて、私の名前が呼ばれました。私は最後に一度だけ翼くんを振り返り、その扉を開きました。

松浦と名乗った女性は、よろしくお願いします、と私に向かってあらためて頭を下げ、やわらかく微笑みました。私はかすかに、懐かしい気持ちになりました。友達の家で優しいお母さんを見たときと一緒です。天国にも、確か、こんなふうに笑う大人の女性がいたような気がします。ブースの中にはもうひとり、やや猫背の、ややくたびれた雰囲気の中年の男性がいました。天国にも、こんないかにも無害そうな、穏やかな雰囲気のおじさんがいた気がします。彼らがホストファミリーのパパとママだったら、と、私は一瞬だけ空想しました。

オーディションは、面接から始まりました。簡素なパイプ椅子に腰掛け、対面した松浦さんの質問に答えます。最初に名前を確認され、年齢を確認された後で、「これは未成年の方にお聞きしていることなのですけど」と切り出されました。

「ご両親には、本日のオーディションを受けることは話されていますか」

「はい。伝えています」

私は背筋を伸ばし、堂々と答えました。

「もし活動を開始するとなったら、ご両親の許可が必要となりますが、そちらは問題ないでしょうか」

「ええ。両親共に、私がアイドルになることをとっても応援してくれています」

私は堂々と嘘をつきました。そして、「素敵なご両親ですね」と微笑む松浦さんを見て、ここだ、と思いました。このタイミングだ、と。

「でも、彼らは本当の意味での私の両親ではないのです」

首を傾《かし》げた松浦さんに、私は打ち明けました。私は天使である、ということ。人間の姿はあくまで人の世界に潜入するための仮の姿であり、本当の私は、ただ仕事でしぶしぶこちらに滞在しているだけの、天使であるということ。

「だから、私が求めているのは、天使としての自分の居場所なのです。人間の世界って、野蛮で意地悪で生きているだけですごく疲れます。でもアイドルの世界って、少しだけ天国に似ています。だから私、私が生きていきやすい場所は、そういう世界だって思うんです。まあ、私は仕事でこちらの世界に来ているわけですけど、でも、仕事中にだって、少しの息抜きとか、楽しみを求めるくらい許されると思うのです」

緊張と興奮でやや息切れしながらも、私は一気に話し終えました。その間、松浦さんは特に表情を変えることもなく、黙って耳を傾けていました。私が口を閉じた後も、数秒の間、彼女はひと言も発することなく、こちらの目を見ていました。私は少し、いえ、かなり不安になりました。やらかしたかもしれない。こらえきれず再び口を開こうとしたとき、松浦さんが、「なるほど」と頷《うなず》きました。それから、「私もそう思います」と言いました。

「仕事だって、なんだって、楽しみながらできるのが一番ですよね」

「……はい。はい、そう思います」

「では、トップアイドルになって有名になりたい、というよりは、その、自分の居場所、なにか打ち込めるものがほしい、というような志望動機になるのかしら」

「えっと……そうだと思います。いえ、でも、やるからには、もちろん向上心を持って、真面目にやるつもりです。私は、なんというか……」

幸せになりたいのです、という言葉が頭に浮かびました。けれど、それは言わずに飲み込みました。それはちょっと知らんがな、と思われる気がしたので。

「人に希望を与えられるアイドルになりたいのです」

ああ、なんて天使のような答えでしょう。これで落ちたら呪ってやります。


合格の通知はその日のうちに携帯に届きました。とても、とっても嬉しかったです。自室で知らせを受け取った私は、ついつい喜びの雄叫《おたけ》びをあげてしまい、隣室の妹に壁を殴られてしまいました。

数日後、私は初めての顔合わせに出かけました。新グループのメンバーは、今のところ四人とのことでした。そのうちひとりはなんと、私と共にオーディションを合格した男の子の翼くんで、もうひとりは元インソムニアのカエデ。そして私が天使ですから、なんというか、「ふつうの女の子の成長を楽しむ」的な、ザ・地下アイドルな魅力には欠ける集まりかもしれません。

集合場所は仙台駅近くのカラオケのパーティールーム、集合日時は、平日の夕刻でした。学校終わりの翼くんと待ち合わせをし共に向かう予定で、私は、めんどうだしその日は学校さぼったろ、と思っていました。

けれど当日の朝、朝日が部屋に差し込むと同時に目を覚ました私は、その後はもう胸をくすぐる柔らかなどきどきで、とても眠りにつくことなどできそうもないのでした。壁に反射する光を見ながら、学校にでも行くか、と思いました。いつもよりもだいぶ早い時間にリビングに顔を出すと、父親と母親が、別々のテーブルでコーヒーを飲んでいました。

「おはよう」

私は朗らかに挨拶をします。

「おう」、と、父親が少し驚いた顔で答えました。母親はちらりと私を見ただけで、後はコーヒーに視線を落としました。それから、相変わらずの無感情な声で、「朝ご飯ないけど」と言いました。

「大丈夫」

私は答え、顔を洗いに洗面所に向かいました。鏡に映る私の口元は、にやにやとゆるんでいました。顔合わせは夕方からだというのに、この心は既に浮き立っているのでした。そうなると、家族の冷めた目も、クラスメイトの嘲笑も、俄然《がぜん》どうでもよくなります。制服に着替え、冷蔵庫からヨーグルトを出して食べ、コンタクトを入れて丁寧にお化粧をして、さあ家を出よう、と玄関に向かったところで、妹と鉢合わせしました。だまって靴を履く妹の背中に、私は「ハロー」と話しかけました。彼女は背中を向けたまま、低い声で答えました。

「うざい」

「元気？」

「うっざい」

「私ね、アイドルグループに入ることにしたんだ」

妹が振り返りました。

「なにそれ。意味わかんないんだけど」

「私、学校って向いてないみたいだから、別の場所で輝こうかと思って」

「……馬鹿じゃないの」

「美和が自慢できるようなお姉ちゃんになるよ」

「馬鹿じゃん」

「馬鹿じゃないし。売れてお給料をもらったら、美和にもスマホを買ってあげる」

スマホ、のひと言に、美和の目がちらりと輝きました。まったく、ちょろい妹です。

ホームルーム前に教室に着くと、担任の先生から、最近の出席率の悪さについて注意を受けました。私は、低血圧とヘモグロビン不足で朝が弱いのです、と言い訳をしましたが、先生はお説教の最後まで良い顔をしませんでした。ブスたちはブスたちで、私の出現に喜々として陰口をたたきます。あの子たちって、もしかして私のことがすごく好きなんじゃないかしら、と思います。

放課後、駅前で合流した翼くんと私は、指定された部屋番号まで、カラオケ店の廊下を黙って歩きました。着替えを済ませた翼くんの、制服の入っているであろうキャリーケースの音だけが、ごろごろと鳴っています。すぐにその部屋にたどり着き、ドアの前でいちど立ち止まりました。一瞬顔を見合わせて、先にドアノブを摑んだのは私でした。思い切ってドアを引き中にはいると、備え付けのテレビモニターの電源は切られていて、室内にはカラオケには似つかわしくない静けさが満ちていました。壁際に設置された一番奥のソファに、女性がひとり座っていました。それは松浦夏美さんでも、元インソムニアのカエデでもありませんでした。

「こんにちは」

私はすぐに微笑んで見せました。先手必勝です。私の後ろで、翼くんが低い声で「どうも」と頭を下げる気配がしました。その女性は私たちをたっぷり数秒は見つめてから、私の笑顔を数段上回る笑顔でにっこり微笑み、「こんにちは」と答えました。

その人は、「佐藤愛梨《さとうあいり》」と名乗りました。私たちの新しいグループの、四人目のメンバーです。顔立ちはアイドルというにはやや華に欠ける印象ですが、たたずまいというか、なんとなく醸《かも》し出す雰囲気が、既にちょっぴり玄人的に見えました。私たちよりそう年上でもなさそうですが、どこか貫禄《かんろく》がある、とでも言いますか。

「さっき夏美さんから連絡あってね、残業でちょっと遅れそうだって。だから、先に自己紹介でもしちゃいましょう。私は先月まで東京でインディーズアイドルやってました。グループの方向転換の都合で辞めて、地元に戻ってきた感じです。地味に知名度はあるグループだったから、私が入ることで変なアンチとか呼びこんじゃったらごめんね。えーっと、歳《とし》は十九。ふたりの二個上かな」

愛梨さんは弾むような声でそう話しました。アイドル経験者、ということで、その完成された声色の理由がわかりました。続いて自己紹介をした翼くんの、素人丸出しのぼそぼそとした話し方とのギャップはすさまじく、私は既にこの愛梨さんに、若干の尊敬の念を抱《いだ》き始めていました。

「えっと、それでもうお気づきと思いますけど、俺は性別が男なので、俺が入ったせいでなんかイロモノっぽい感じになったらすみません」

「ううん、面白い試みだと思うよ。インディーズの世界ももうだいぶ飽和状態だから、まずは目立ってなんぼ、話題になってなんぼって感じだし」

愛梨さんは力強く頷きます。身の上を語るふたりにならい、私も天使であることをもちろん打ち明けることにしました。脳への神託云々、人の世界への潜入云々、です。天使にまつわるところのあれこれを、愛梨さんは真剣な目で聞いてくれました。そして、私が語り終えると、彼女は言いました。

「その設定、もうちょっと短くできないかな」

私の隣で、翼くんの肩がぎくりと強張《こわば》るのがわかりました。

「例えば、人の世界に遊びに来た天使です、ってだけじゃ駄目？　その方が説明が短くて済むから、ライブなんかの自己紹介のときにテンポがいいと思うんだよね。ありがちな設定な分、年輩のお客さんにもわかりやすいし。どうかな？」

「いや、でも、天使ちゃんってガチなやつなんですよね。ガチ天使なんです。だから……どうすかね」

愛梨さんの提案に、翼くんがあたふたと答えます。フォローをくれる彼に感謝しつつ、私は、愛梨さんの話を真剣に考えました。考えた上で、言いました。

「できることなら、このままいきたいです。私は、アイドルの世界には、ありのままの私を受け入れてほしいです。それって、私が、辛いときや苦しいときに、積み重ねてきたものなので」

自分の気持ちを押し通すことで彼女の気分を害してしまったらどうしよう、と心配でしたが、愛梨さんは柔らかな表情のまま、「わかった」と頷きました。そして、「そういう背景をお客さんにわかりやすくするためにも、ネット上の情報は充実させておいた方がいいと思うんだ」と、スマホの画面を掲げて見せました。

「公式サイトは本格始動してからおいおい作るとして、ちょっと気が早いかもだけど、夏美さんにも相談してね、ツイッターのアカウント、全員分作ってきちゃった」

彼女は私たちの携帯にそれぞれアカウント情報を送ってくれました。ツイッターにログインしてみると、仮の状態でニックネームが設定されているのと、フォロワーにそれぞれ各メンバーのアカウントが登録されている以外は、まっさらな状態のトップ画面が表示されました。本当に気が早いな、と思いつつも、私は、メンバー同士が既につながったこのアカウントを頂けたことに、特別な感情を抱きました。私たちは同じ「グループ」なんだ、ということ。思えば私は幼い頃から、「グループ」というものにあこがれを抱いていたのでした。家族のグループ。女の子同士の、仲良しグループ。認めましょう。私はそこに、入りたくて仕方なかった。私は人間たちの中に、所属することを求めていたのです。

「各々、負担にならない程度に呟いて、デビュー前にある程度のキャラを告知できたらなって思うんだ。それから、今後もレッスンだけじゃなくて、こうやって顔を合わせて話す機会を設けていけたらなって思う」

愛梨さんの言葉に、私たちは揃《そろ》って頷きました。沈黙が降りると、廊下から、どこかの部屋で歌われている歌謡曲が聞こえてきました。それは誰もが知る国民的アイドルグループのヒットソングで、こんなのってまったく希望的な考えでしょうが、それは私たちの輝かしい未来を予期させる、神様の素敵な演出に思えました。

私が今、手にしたアイドルとしてのツイッターアカウント。これは私が自ら行動した結果与えられたものです。家とも学校とも切り離された、私個人のアカウント。私はここで、天使を名乗ります。沢山の人が私を天使と呼んでくれるように、努力します。普通の人間ではない私でも受け入れてくれる場所が、私はどうしても欲しいのです。優秀じゃなくて、上手く話せなくて、本当は天使でもなんでもないただの女の子である私の夢を受け入れてくれる場所が、欲しいのです。

たぶん私は、家でも学校でも、これからもまだまだ嫌われ者のままでしょう。でも、そんなのぜんぜんどうでもいいと、少なくとも今この瞬間だけは、心の底から思っています。人の世界にしぶしぶ潜入中の天使、を騙《かた》るアイドル。それが、今の私です。

★アイドル

ひとりの人間として、それから、ひとつの商品としての、自分の短所と長所。私はそれをはっきりと把握している。

まず短所。私は顔が美しくない。掛け値なしに世界一のブス、というわけでもないけれど、間違いなく美人ではない。

その事実に最初に気づいたときにはショックだった。幼少期、私は生粋《きっすい》のテレビっ子で、そこから流される電波を素直に受信し続けた結果、最低限文化的な生活が送れるのは美人だけだという偏った価値観が染みついていた。お姫様になれるのも魔法が使えるのもお花屋さんになれるのも美人だけ。美人でない女の子はたいてい性格も悪いので、この世の正義によって自然淘汰《しぜんとうた》される。美しさは正しくて、醜さは悪。私は両親に愛された幸福な子供だったので、自分は良い子なんだと心から信じていて、すなわち自分は美人サイドの人間だろうと信じていた。その頃の写真はまだ実家にある。ひらひらしたプリンセスの衣装を着て得意げに微笑《ほほえ》む不細工な子供。その頃のメンタリティを、私は今も忘れられないでいるのだと思う。

次に長所。私は、人のスイッチを押すのが上手《うま》い。私には、その人が言われたがっている言葉がわかって、欲しがっているリアクションがわかって、見たがっている表情がわかった。私は光るスイッチをぱちぱち押していくように、相手が求めるままに言葉や笑顔を差し出すことができた。つまり、人の顔色を窺《うかが》うのが得意。

これはおそらく持って生まれたセンスであると思うけれど、その感覚を特技レベルにまで伸ばすことができたのは、私が美人じゃなかったおかげだと思う。美しさという後ろ盾を持たず、それでも文化的な人間として生きていくには、愛嬌《あいきょう》が必要だった。私は日々、両親のスイッチを押して、先生のスイッチを押して、友達のスイッチを押して、男の子のスイッチを押して、そのみんなに愛された。私にとって人付き合いとは、イコール、スイッチを押すゲームだった。私はどんどんゲームの腕を上げて、そうすると、より難しいステージに挑みたくなる。美人じゃなくても愛嬌で勝負ができて、きれいなお洋服が着られてあるいはプリンセスのようにもてはやされる世界。そんな世界は、意外と私の身近にあった。

私がインディーズアイドルグループ「ガールズフレア」に入ったのは、今から二年前、高校二年生の冬だった。父の仕事の都合で高校入学と同時に家族で東京に移り住んでいた私は、自宅である練馬区《ねりまく》のマンションから電車で数十分の距離にある学校までの界隈《かいわい》を、放課後の主な遊び場としていた。その日、普段はあまり足を向けることのない秋葉《あきは》原《ばら》を訪れたのは、クラスでも特に仲の良いグループに属する友達のひとりが、とある音楽イベントに出演するのを見るためだった。その子は中学時代から地下アイドルグループに所属していたそうだけれど、そのことを話してくれたのは知り合ってから半年後、他の友達には誰にも内緒で、私にだけそっと打ち明けてくれたのだった。

「私の顔でアイドルとか、馬鹿にされるから」と彼女は言った。

彼女は美しくなかった。決して醜くはないけれど、美人じゃない。私と同じ。私とは違って、人のスイッチを押すことに長《た》けているわけでもない、ごくごく普通の女の子。彼女はそのことを自覚しつつ、周囲に恥じつつ、放課後や週末のかけがえのない時間をアイドル活動に捧《ささ》げていた。彼女の所属するグループは、秋葉原で生まれては消える数多くのアイドルグループの中に完全に埋もれていた。その日のイベントは古びたビルのスタジオで開催されるごく小規模なもので、私の知っているグループはひとつも出演していなかったけれど、そんな中でもフライヤーに表記される出演者一覧で、彼女たちのグループ名は一番最後に載せられていた。

「中学のときはもっと人気があったんだけど」と彼女は笑った。美しさより若さ、若さより幼さを評価する層の需要から、彼女たちは外れつつあった。私は、オタクってみんなロリコンっぽいもんね、と相づちを打った。それが彼女の望んでいる言葉のようだったから。

私は彼女の出演時間にあわせ、たったひとりで薄汚いビルに足を踏み入れた。防音の設備は甘く、乗り込んだエレベーターの中にまで音漏れが響いていた。エレベーターの扉が開くと、もうそこがスタジオだった。学校の視聴覚室にステージだけが設《しつら》えられたような、ささやかな空間。制服姿の私に、いくつかの視線が集まった。

その日、その会場内で、私は友達を元気いっぱいに応援する素朴な女子高生として注目を集め、同じく来場していた、後に「ガールズフレア」のプロデューサー兼マネージャーとなる桜井《さくらい》に声をかけられた。彼は地下アイドルの現場で知り合った友人と共に立ち上げるアイドルグループのメンバーを探していて、近く開催予定のオーディションに参加してみないかと勧誘してきたのだった。もしも私が美人だったら、オーディションなんてまどろっこしい話は抜きにして、その場で即スカウトされていただろうな、と思う。もちろんそんな考えはおくびにも出さず、私は申し出にきゃぴきゃぴ喜んでみせた。

オーディションだって、広い意味では人付き合いと同じだ。求められるものを差し出す作業、スイッチを押していく作業。私は難なくそれをクリアして、「ガールズフレア」初期メンバーのひとりとなった。

アイドルになれたことは純粋に嬉《うれ》しかった。青春時代の大切なひとときを捧げ、心をすり減らしても成功できずに苦悶《くもん》する友人が身近にいたのに。そんな苦悶する友人のステージであっても、私の目にはきらきらと、輝いて映ったのだ。それは幼い頃、自分の醜さに気づかずプリンセスのドレスに喜んだときのときめきに近かったかもしれない。

私は真剣に活動に取り組んで、少しずつ増えるお客さんにより良いパフォーマンスを見せようと躍起になった。あの頃の自分は、今思い返しても、中々に充実して幸せだったんじゃないかと思う。色々なことが変わり始めたのは、私のグループに、あの子が加入してきてからだ。

ライブ後の控室で、桜井が説教を続けている。相手は美月《みづき》。

他のメンバーは既に私服に着替えて、帰り支度を始めている。美月だけが鮮やかなブルーの衣装を着たまま、ややうつむいた姿勢でパイプ椅子に腰かけていた。説教の内容は、先ほど終了したばかりのライブについて。デビューからちょうど二周年のミニアルバム発売を記念したワンマンステージだったというのに、美月はいつにも増して覇気がなかった。まあ、グループの二周年といったって、途中で加入してきた美月にとってはなんの感慨も湧かなくて当然かもしれない。

「だからさ、笑顔が硬いのはしょうがないにしても、声くらい気持ち次第でもっと出せるでしょ。そういう気持ちの部分が見えないからさ、見てる側としてやっぱ美月はやる気ないのかなって映っちゃうわけよ」

大きな身振りを交えながら立ったまま話す桜井に、美月は顔も上げないまま小さな声で「はい」とだけ答えた。豆腐に話しかけているみたいに手ごたえがない、と思うのだけど、桜井はまったくくじける気配がない。桜井がこんなに熱心に説教をするのは、美月だけだ。

「でも美月、今日は本当に体調が良くなかったんだよね」

桜井の息継ぎのタイミングを見計らって、私はフォローに入った。美月が顔を上げる。

「MCでも笑いとれてたし、悪くない部分もあったと思いますよ」

「お前は美月にあまいんだよなぁ」

桜井は顔をしかめてみせながらも、美月を見下ろす目に先ほどまでの激情はもうなくて、代わりにいかにも心配そうな気遣いの色を浮かべている。美月に甘いのは桜井の方だ。本人には、どういうわけか自覚がないようだけど。

「……じゃあ、まあ、今日はゆっくり休めよ。これもずっと言ってるけど、体調管理だって仕事なんだからな。じゃあ、今日は解散。みんなお疲れさま」

お疲れさまです、と答えたメンバーは、私と真衣《まい》と紗良《さら》。美月の声は聞こえなかった。恵梨香《えりか》はといえば、不機嫌さを隠そうともしない声色で「はーい」と投げやりに答え、肩でドアを押し開けて控室を出ていった。桜井が美月の説教に時間を割くたびに、恵梨香は機嫌を損ねる。後であちらにもフォローのラインを送っておこう、と思う。

「帰るのめんどくさいな」

美月がぼそりと呟《つぶや》いた。誰に聞かせるためでもない、ほとんど呼吸と変わらないような声。桜井の説教も恵梨香の機嫌も、美月を揺さぶることはない。美月は、人のスイッチに興味がない。

「頑張って！　早く着替えちゃいなよ」

私は舞台上よりは若干テンションを落とした、現実的なレベルの明るい声で言う。美月は私を見た。あ、いたの？　みたいな目で。切れ長の美しい瞳の中に私が映る。私は視線を逸《そ》らし、彼女の繊細な顎《あご》のラインを目でなぞった。

私は美月が好きだ。美月の顔が好きだ。


ツイッターのアプリを開き、ガールズフレア・アイリとしてのアカウントにログインする。『今日はみんな、来てくれてありがとうー♪』の呟きと共に、先ほど楽屋で撮《と》った恵梨香とのツーショット写真を投稿する。連写した十数枚の中から、恵梨香がより自分の写りの良いものを、と厳選した一枚だ。自分がもっとも可愛く写る角度でもっとも可愛い笑顔を作る恵梨香の横で、私は「作った感」の薄いくしゃくしゃの笑顔をやっぱり作る。『大好きな恵梨香と♪』

ワンルームの窓を開き、空気を入れ換えた。風景を切り取るように並ぶアパートとビルの隙間から、通り過ぎる電車の光が一瞬だけ見えた。高校を卒業してから、ひとり暮らしを始めて半年以上になる。再びの転勤で地元仙台に戻っていった家族に、私はついて行かなかった。両親は反対したけれど、進学を理由に押し切った。その進学先の大学はといえば、ゴールデンウィーク明けからサボりがちになっている。

スマホが光った。今の投稿に、さっそく返信がついたようだ。再びアプリを開き、内容を確認する。表示された画面の中、下手《へた》くそなイラストのサムネイルが真っ先に目について、それでもう、コメントを寄《よ》こした相手が誰なのかわかった。常連の「小宮山《こみやま》さん」だ。

『ふたりとも、とってもカワイイね！　今日はどうしても仕事でいけなくて、ゴメンなさい！　アルバム絶対買うからね！』

うわ、気持ち悪い、と思った。

その文面を見ただけで、ちょっと具合が悪くなった。テンションが下がる。『失《う》せろ』と返信したくなる。私はスマホの画面を消して、部屋の真ん中のローテーブルに伏せて置いた。ソファに深く沈み込み、不快な文章に傷ついた心を癒す。気持ち悪い。腹が立つ。

じっとしているのも不快になって、私は冷凍庫からアイスを取り出すために立ち上がった。ラブポーションサーティワン。私にとって精力剤で精神安定剤で睡眠導入剤。小宮山関連で腹が立ったときは無制限に食べても良しと自分に許している。ソファに戻ってアイスを噛《か》みながら、本当に不快でしょうがないのに、頭の中で今見た文章を反芻《はんすう》するのを止《や》められない。

今日のライブに小宮山が来ていないことには気づいていた。私はいつも、歌い出しのタイミングで小宮山にアイコンタクトを送ることを定石《じょうせき》にしているので、舞台に上がるとまず最初に奴《やつ》の位置を確認する。だから、今日はライブ開始から腹が立ってはいたのだ。あの野郎、なにやってんだ、遅刻か？

結局ライブ終了まで小宮山が姿を現すことはなく、その後の物販にも来なかった。そこにきてこのコメント。仕事くらいでサボるなんて。何様のつもりだ、あいつ。

私は再びスマホに手を伸ばした。先ほどの呟きに、小宮山とは別に新しい返信がついていた。そのサムネイルにも見覚えがある。こちらも常連のお客さんだ。五十代くらいのおじさんで、いつも大量の汗をかきながらコールをくれる。

『みんな、今日も輝いてたよ！　アルバム聴きながら、余韻に浸り中です』

胸に温かい気持ちが満ちていくのを感じる。嬉しい、ありがたい。自分たちがどれほどファンの応援に支えられているか、ライブのたびに実感する。なにもかもが不確かなアイドル活動の中で、こうして送られてくるファンからのコメントひとつひとつが、どれほど励みになっているか。

私は早速もらったコメントに返信を打った。自然と小宮山を無視した形になるけれど、まったく問題ない。ああいう手合いを甘やかしてはいけない。

小宮山は私のことが好きだ。五人いるガールズフレアメンバーの中で、私のことが一番に好き。一年ほど前、まだ現在のメンバーも揃《そろ》っておらず、グループの人気が今ひとつぱっとしなかった頃、初めてライブに訪れた小宮山が、私に惚《ほ》れた。

小宮山のスイッチはわかりやすかった。彼は、とにかく人から好かれたがっていて、認められたがっている、自分に自信のない、魅力のない人間の典型だった。女の子と話すことに慣れていないのは明らかで、ライブ後の物販で私のチェキ列に並んだのも、私の外見やパフォーマンスに惹《ひ》かれたのではなく、ただ私が一番親しみやすい人柄だと判断してのことだろう。彼に気に入られるために、特別な何かをしたり、わかりやすく媚《こ》びてみせる必要は一切なかった。人として当然といえるマナーとしての優しさにすら小宮山は飢えていた。来てくれてどうもありがとう、と笑った私を、小宮山はまるで天使でも見るみたいな目で見た。

コメントを打ち終わり、私はそのまま各メンバーのツイッターチェックを始めた。恵梨香と真衣は気合いの入った自撮りをアップしている。紗良はコメントだけ。美月は、なにもなし。美月のツイッターはここ数日更新が途絶えている。その代わり、桜井たち運営が管理しているグループの公式アカウントには、ライブ前にメンバー全員で撮った集合写真の他に、美月がひとり楽屋でおにぎりを食べるソロの写真が上げられていた。美月のガラスのように澄んだ目がこちらを斜めから見ている。きっと桜井が撮ったものだ。

これをまた恵梨香は贔屓《ひいき》と捉えるだろう。ここのところ公式が投稿する写真が美月のソロにだいぶ偏っているというのは、恵梨香じゃなくても気がつくところだ。メンバーの不満を察知して穏便に解消させる役割は本来運営が担うべきじゃないかと思うけれど、桜井がこれなのでどうしようもない。結局いつも、私が首をつっ込むことになる。美月と桜井と恵梨香の間で立ち回る自分を想像して、胃の奥が重たくなるのを感じた。

だるいな、と思うと同時に、私は小宮山のツイッターアカウントを開いていた。私にコメントをもらえなくて死ぬほど落ち込んでいる小宮山が見たかった。小宮山の最新の投稿は二分前。『仕事辞めてやろうかな』

惨《みじ》めな男だわ、と思う。私は画面に向かってにっこり微笑みツイッターを閉じた。

グループで舞台に立つたびに、他のメンバーと運営、そして小宮山のツイッターアカウントをチェックする。これは私にとって、メインであるライブと切り離せない、一連の習慣になっている。

金曜日の夜はレッスンとミーティングが予定されていた。

私は『スタジオに集合する前にすこしお茶でもしない?』と恵梨香を誘った。喋《しゃべ》らせ、愚痴を引き出して、できるだけ平和的に彼女のストレスを発散させておきたかった。恵梨香は舞台上でのプロ意識は高いけれど、それを舞台裏までは保てない。レッスンまでに彼女の機嫌を回復させておかないと、不機嫌な恵梨香に真衣と紗良とダンスの先生がおびえるので、全体の雰囲気が暗くなりせっかくの練習もぐだぐだになる。美月だけは、雰囲気なんてものには影響されないけれど。

木曜の夜にラインを送って、当日の昼過ぎにようやく恵梨香からの返事が来た。『ごめん、用事があって厳しい。ていうか、レッスン間に合わないかも。桜井さんに伝えといて』

私は小さくため息をついた。恵梨香は高校三年生。忙しいのは当然だ。進路について、まだ迷っていると言っていた。進学か、このままアイドル活動に専念するのか。絶対に進学した方がいい、と私は思うけれど、今日も大学を丸一日自主休校とした私の言葉に説得力はないだろう。

スマホを見つめ、少し考えて、私は美月にラインを送った。

『急だけど、今日練習前にちょっと時間ある？　お茶でも行かない？』

そのまま画面を眺めていると、すぐに「既読」のマークがつき、返信が来た。

『行く』

美月は恵梨香よりひとつ下の学年で、今は高校二年生、のはずなんだけど、どうやら学校に行っている気配はない。不登校なのか、そもそも高校に入学していないのかはわからないけれど、最初に会ったときの自己紹介では「ニートです」と自称していた。平日の昼間から秋葉原をふらふらしていたどこか危なっかしい美月を、桜井がスカウトして連れてきた。そのときガールズフレアは初期メンバーの六人でそれなりに和気藹々《わきあいあい》と活動していて、新メンバーの募集なんてしていなかったのに。桜井の独断で急に加わった美月に反感を抱《いだ》いて、その後のひと月でふたりのメンバーが辞めていった。

それでも桜井の判断は正しかった。待ち合わせのカフェにふらふらと入ってきた美月を見て、あらためてそう思う。骨格とか、髪の質とか、肌の透明度とか、努力ではどうにもならない生まれ持った容姿のバランスが、美月はそこらのちょっと可愛い女の子とは段違いに整っていた。遺伝子レベルで種類が違う感じがする。人間じゃないみたい。

「美月！　おつかれさま」

「うん」

美月はにこりともせずに頷《うなず》いて、私の正面に腰を下ろした。そのこめかみにはうっすら汗がにじんでいるけれど、グラスの結露みたいに生命力を感じさせない汗だ。

「こないだ、帰り大丈夫だった？　調子悪そうだったけど」

「うん。タクシーで帰ったから」

「タクシー？」

うん、と頷いて、やってきた店員に、美月はオレンジジュースを注文する。私には無愛想だった女の店員が、美月にははきはきと返事をする。

「そんなに具合悪かったの？」

「ううん。でも、桜井さんがお金出してくれたから」

「……それ、恵梨香とか他のメンバーには言っちゃだめだよ」

「愛梨って、私のこと馬鹿だと思ってるでしょ。言わないよ」

そう言って、美月は今日初めて笑った。私を喜ばせるための笑顔ではなくて、ただ、美月の愉快な気持ちがにじみ出ただけの笑顔。美月は表情や声色をコミュニケーションのためのツールとして取り入れない。

「なんかみんな、やたら贔屓とか気にするし」

「うーん、でもそれは、美月のせいじゃないしさ」

「うん」

美月はシンプルに頷いた。

私にとって人付き合いとは、人が喜ぶスイッチを押していくゲーム。でも、美月が相手だと、それがどうも上手くできない。美月のスイッチは押してもスカスカと軽くて手ごたえがない。美月と話していると、自分がすごくコミュニケーションの下手な人間になってしまったようで動揺する。でも、私は美月を誘わずにいられない。美月の顔が見たいから。

「美月はきれいだから、嫉妬されやすいんじゃない」

運ばれてきたオレンジジュースに、美月は静かに口をつけた。音を立てず、喉も唇もほとんどうごかさず、ただストローの挿さったグラスの中の液体だけがスッと減る。人が飲み物を飲んでいるというより、虫が葉についた露でも吸うような気配のなさ。彼女を虫に喩《たと》えるなら、もちろん蝶々《ちょうちょう》。ガラスみたいな羽の外国の蝶。私はうつむいて、スプーンに映った自分の顔を見た。小宮山の顔が見たくなった。

「そういえば、こないだのライブのときいなかったね、小宮山さん」

私は顔を上げた。驚いた。ちょうど思い浮かべていた小宮山の名前を出されたことと、小宮山なんかの不在を、美月が気づいて記憶していたということに。

「……仕事だったみたいだよ。ツイッターにコメントくれてた」

「そうなんだ。律儀だね、小宮山さん」

「どうしたの、急に」

「なんか、愛梨の顔見たら思い出した。愛梨っていったら、小宮山さんって感じ」

「それ、ちょっとヤだな」

私は苦い冗談を聞いたように笑った。私の反応に構わずに、美月は続ける。

「私、最近、小宮山さん見るの好きなんだ。前はなんか暗くてキモかったけど、最近楽しそうだから」

楽しそう。あの惨めな男が。けれど、美月が何をもってそう感じたのか、私にも心当たりがある。

小宮山が私たちのライブに来始めた最初の頃は、彼はいつもひとりきりで、フロアの壁際に亡霊のように突っ立って、こちらからファンサービスを送っても驚いたように目を逸らすだけだった。それが近頃は、楽しそう。

「ちょっと意外。美月って、ファンの人の顔とかぜんぜん覚えてないと思ってた」

「やっぱ愛梨、私のことすごい馬鹿だと思ってる。常連さんくらい覚えるって」

美月は軽やかに笑う。美月に覚えてほしくって、ライブ中に悪目立ちするようなはしゃぎかたをしたり、ツイッターで毒舌寄りのコメントをしてみたり、迷惑ぎりぎりの振る舞いをするファンも一定数いるけれど、美月はそういう輩《やから》はまるで気に留めない。それでいて、小宮山のような地味な常連のファン、それも、自分以外のメンバーを一推《いちお》しにしているファンを、身近な人間であるかのように語ったりする。

私は口の先まで出かかった言葉をにこやかに飲み込む。小宮山のことなんか覚えないで。

結局その日、恵梨香はレッスンが終了する頃になっても現れなかった。

私に『ちょっと遅刻するかも』と言付《ことづ》けた以外、本人からの連絡は入っていないらしく、つまりは無断欠席だ。桜井はぴりぴりしていた。これがもし恵梨香ではなく美月だったら、彼は怒るのではなく心配していただろうな、と思うと、私はむしろ恵梨香に同情する気持ちになった。

ミーティングでは、新たにカバーする他のアイドルグループの既存曲と、制作途中のオリジナル曲の歌割が発表された。ガールズフレアのオリジナル曲は、作詞も作曲も外注。桜井の興味は、曲よりもライブの空気、あの空間にあるのだと思う。振り付けだけは、グループの立ち上げにも協力してくれたオタク仲間と、その地元の友人だというアマチュアダンサーの先生と共に、一からこだわって作っている。まあ、どこか既視感のぬぐえない、メジャーなアイドルグループの影響を多分に受けたものではあるけれど。

歌割も、振りに合わせて桜井が決める。だからもちろん、各メンバーの技量に加え、彼の情熱が、好みが、反映される。オリジナル曲を歌い出して最初の頃は、自分のソロパートの量に一喜一憂していた。でも、美月が加わって、なんだかそこに出来レースを見るような冷めた感情が混ざるようになった。みんなで歌えるだけで楽しい、という外向けのスタンスを、崩したことはないけれど。

ミーティングも解散となった後、私は恵梨香にラインを送った。『恵梨香が来なくてみんな寂しがってたよ』。歌割について送るのはやめておいた。既に桜井から連絡がいっているかもしれないし、今回の歌割は、恐らく恵梨香にとって愉快な振り方ではないだろうから。

いつもより、ほんの少しだけれど、私のパートが多かった。その分、恵梨香を含む他のメンバーが割を食う形になる。日曜日にも予定されているレッスンでどのみち知ることになるだろうけれど、面と向かってフォローの効くタイミングで知られた方が、楽だ。

『今、また新曲作ってるよ。今度の曲は、私のソロパートも多いの』

仙台に暮らす母親に、そうラインを打ちかけて、やめた。これは母の望んでいる言葉ではない。母が望んでいるのは、私が地下アイドルの活動から足を洗って、真面目に大学に行ったり、ふつうに男の子と付き合ったり、普通に、無難で等身大の幸せを摑《つか》むこと。口では応援してくれていても、私の親の年代の人間には、私のような見た目の女の子がアイドルをやっているということが不思議で仕方ないようだった。

小宮山にラインを送りたい、と思った。もちろん私は小宮山のラインＩＤなんて知らない。ツイッターで個人的にメッセージを送ることもできるけれど、特定のファンと個別でやりとりをすることは桜井に止められている。それに、小宮山に、私が小宮山なんかを気に留めていると思われるのは絶対に嫌だ。

一番最初に私の前に現れたときの小宮山の目を、今もまだ覚えている。私のことを、すごく綺麗《きれい》なものでも見るかのように見つめた目。あんな目で誰かに見られたのは、生まれて初めてだった。

日曜日のレッスンにも、恵梨香は現れなかった。今回はきちんと桜井に連絡を入れているようだったけれど、それでも少し心配だった。次の週末にもライブが入っている。小さなハコだけれど、ワンマンだ。既存曲しか演《や》らない予定なので、歌や振りは問題ないかもしれない。不安なのはMCの方だ。すさんだ雰囲気にならなければいいけれど。

いつも通りレッスンを終えて、スタジオのレンタル終了時間間際に、ひとりの女性が顔を出した。ネットで知り合ったという桜井の友人で、今後ガールズフレアの衣装をみてもらうことになる、とのことだった。これまで衣装は、ネットで購入した海外産の安いパーティードレスやコスプレ衣装に、裁縫の得意な紗良や私が手を加えたりして用意していた。その女性、和田《わだ》さんは元コスプレイヤーで、型紙からメンバーの体形に合わせたオリジナルの衣装を作ることができるという。彼女は、美月に自作の衣装を着せられることを喜んでいた。

解散後、桜井に呼び止められた。個別で話しておきたいことがある、という。その表情から、愉快な話ではないということは察しがついた。どこかお店にでも入りましょうか、と聞くと、いや、ここでいい、と、スタジオ外の非常階段の脇に寄る。空の狭いその場所は、錆《さ》びた建物とどこかの排水のにおいがした。

「今後、ちょっと人事っていうか、いろいろ変わるかもしれないんだよね。大幅に」

桜井が切り出した。

「人事？　運営のですか？」

「いや、運営含め、メンバーについても。とにかく、全体的にね」

「……もしかして、恵梨香のことですか」

咄嗟《とっさ》に頭に浮かんだのは、先日受け取った歌割のことだった。私のソロパートの割合が若干増えていて、その差分以上に、グループ内では歌唱力の高い方である恵梨香への割り振りが、これまでと比べ妙に減ったように感じられた。ここのところの恵梨香の態度や、連続した欠席のことも思い浮かぶ。もしかして、脱退。あるいは、クビ、とか。

「いや、ほんと、全体的な話。まだ具体的なことは言えないんだけど、耳に入れといてほしい。っていうか、そういう予定があるって知っておいてほしい」

桜井は気まずそうに言葉を濁す。美月の加入後、ふたりのメンバーが脱退することが決まったと告げたときと、同じ顔をしている。

「今すぐってわけじゃないから。取りあえず、こんどのライブに向けてよろしくね」

じゃあ、と去っていく桜井の背中を見送りながら、私は自分が所属しているもののおぼつかなさをあらためて感じていた。流れの激しい業界の中で停滞していられない。それはわかるけれど、恵梨香の舞台上での笑顔と、その歌声を思う。彼女を一番に応援しているファンのことを思う。

私は小宮山のツイッターを開いた。最新の投稿は数時間前。アイドルオタク仲間のフォロワーに向けた返信ツイートだ。

『僕はやっぱり、女の子の笑顔に弱い』

はい気持ち悪い。無理。小宮山の分際で女の子の好みを語ろうとか、調子に乗りすぎ。お前にそんな権利があるわけないだろ。わきまえて。

次のライブ、小宮山が来たら、うんと冷たく接してやろう、と思う。目も見てあげない。笑顔も七割。それでいて、小宮山の前後のお客さんには全力のパフォーマンスとサービスで、感謝の気持ちを伝える。楽しみだ。私に優しくしてもらえなくて、うろたえる小宮山が早く見たい。

小宮山のことを考えている間は、私はなんの不安もない、なんの気遣いもしない、美人で高慢な女の子になれる。


控室のハンガーに制服がかかっていたので、恵梨香が来ていることがわかった。姿は見えないけれど、トイレにでも行っているのだろう。美月の姿もない。既にメイクを始めていた真衣と紗良と雑談を交わしながら、リハーサルの準備が整うのを待つ。三人で自撮りして、ツイッターに上げた。このふたりは恵梨香ほど自撮りのクオリティにうるさくないので、楽でいい。

『七時からライブハウスSで公演♪　みなさん来てくれるよね？』

控室のドアが開き、恵梨香と美月が続いて現れた。ふたりとも既に衣装に着替えている。

「でも、まだ確定じゃない話みたいだから」

「うん」

恵梨香の言葉に、美月が頷く。なんの話をしていたかはわからない。少なくとも、険悪な雰囲気ではなさそうだった。少し気になって、聞いてみようか、と思ったけれど、恵梨香が今日のトップに予定されている曲のソロパートを発声し始めたので、声をかけるタイミングを失った。恵梨香に続いて、真衣が自分のパートを口ずさむ。サビに向かい、皆が声を揃える。ちらりと横目で見ると、美月も小さく口を開けて声を出していた。ライブに向けて少しずつ高まる緊張が、ちりちりと胸に心地いい。こういう何気ないひとときが、純粋に、楽しいと感じる。

簡単なリハーサルを終え、客を入れる時間になった。ざわめきと熱気の気配を感じながら、私は水分を補給して、メイクを直して、ツイッターを開いた。小宮山からコメントが来ている。

『入場待ちしてます！　楽しみです』

それで良い、と思う。小宮山は私を応援するためだけに生まれてきたのだ。そのためだけに生きている命。せいぜい正しく使いなさい。

最近では、リフトやモッシュを禁止するグループやライブハウスも多いけれど、私はわりと、そういう文化が嫌いではない。沸き立つ人を見るのが好きなのだ。でも、美月はそういった沸き方を冷めた目で見ているし、恵梨香は、どちらかといえば歌やパフォーマンスをきちんと鑑賞してほしいというスタンス。つまり、好みの問題。

お客さんにだって、各々好みがある。オタ芸を打つのを楽しみに来る人もいれば、純粋に楽曲を聴くことだけを目的にしている人もいる。若い女に比較的安価で近づけるという点にのみ価値を見出《みいだ》す人もいれば、アイドルに本気で恋をしてしまって、ただその子に一目会いたいがために、真剣な想《おも》いをもって足しげく現場に通う人もいる。

小宮山は私に、恋をしている。地方の公演にも仕事の都合をつけて遠征してくるし、誰よりも大きな声で私の名前を呼ぶ。物販では、私と写真を撮って、数秒間会話をするためだけに、毎回毎回お金を払って列に並ぶ。これが恋じゃなかったら、いったいなんだっていうのだろう。

でも最近、小宮山は楽しそうだ。

見下ろすフロアの中、小宮山は、常連のオタク仲間と共に肩を組んで、恵梨香の煽《あお》りに応えていた。ひとりぼっちだった小宮山に、いつからか友達ができた。私はそのことを、美月のように喜べない。むしろムカつく。小宮山のくせに友達なんて作らないで。わきまえてよ。

ステージ上から、私は小宮山に一番に自信のある笑顔を向けた。はっきりと目が合う。小宮山は私の視線を、臆することなく受け止めた。

私の目を見られなかった頃の小宮山はもういない。

物販前のメイク直し中、滲《にじ》んだアイラインをぬぐいながら、小指でスマホをチェックした。ツイッター、小宮山の更新はなし。なんだか疲れた。鏡の中、少し濃い目にアイラインを引き直す。私の右目は美しくて、左目も美しい。でも、手鏡から視線をずらすと、ドレッサーに映るその顔はまったく美しくない。あるいは世界一のブス。

隣には美月の顔がある。美月はぼんやりと視線を宙に浮かせたまま、ペットボトルの水を口に運ぶ。なにを考えているんだろう。綺麗な人って、なにを考えて生きているんだろう。私が自分の醜さに嘆いたり、他人の美しさに憧れることに費やしている時間を、美しい人はどんな素敵なことを考えるのに使っているんだろう。その頭の中を覗《のぞ》きたい。

「そろそろ出れる?」

控室の入り口から、この間のレッスンで衣装担当として紹介された和田さんが顔を覗かせ尋ねた。どうやら、衣装を担当するためだけに加わったわけではないらしい。首から関係者のパスを下げ、今日一日、ライブから物販の段取りも把握して、列形成などの手伝いもしてくれている。グループだって、少しずつ変化する。

「行こっか」

「……うん」

美月は気怠げに立ち上がった。うつむいた顔に前髪がかかって影をつくる。

今回のライブハウスは、音響設備は今ひとつだけれど広さには余裕があった。狭い通路にお客さんをぎゅうぎゅうに詰め込んだりしなくとも、各メンバーが十分な空間を取って物販の列を作れる。一番人気の美月の列は当然一番混雑するので、ステージ下手《しもて》の奥。二番人気の恵梨香がその隣で、人気の横ばいな他三人が、入り口近くの手前側に並ぶ。物販に出ていっても、ファンの人たちは私たちの姿に浮き立ったり、騒いだりはしない。皆、学園祭の舞台に立っていたクラスメイトが教室に戻ってきた、くらいのテンションで受け入れる。インディーズアイドルは、所謂《いわゆる》「芸能人」ではない、と強く感じる。でも、美月のことは誰も無視できない。

美月に集まる視線を横切りながら、私は長机で仕切られただけの自分のブースに収まる。すぐに小宮山を探した。すぐに、見つかった。オタク仲間の数人と何ごとかを囁《ささや》き合いながら、その目もやはり、美月を見ていた。

美月になりたい。

胸が痛んだ。私は、美月みたいに美しく、自由で身勝手な女になりたい。それでも人々に愛される人間でありたい。でも、私は精一杯愛嬌を振りまいて、それと引き換えにどうか愛してくださいとお願いをして、それでも美月ほどには愛されない。

常連さんの髪型の変化を褒めて、ご新規さんの雑ないじりに拗《す》ねてみせて、保護者面したがる年輩の客には弱みを見せて、上から目線のブスいじりが好きな客にはコミカルなブスを演じて、私はスイッチをカチカチ押しまくる。私はこの作業が得意。得意なことで昇りつめたいと思っていた。華やかできらきらしたアイドルの世界が、好きだったし。

「あ、お、お久しぶりです」

小宮山が正面に立った。唇をゆがめて、不器用な笑顔を私に向ける。

「お久しぶりです。元気でした？」

「はい！　あの、ＣＤ買ったよ！　すごく良かった」

「ありがとうー！　小宮山さんにそう言ってもらえるの、すごくうれしい」

私は小宮山のスイッチを押した。言葉も笑顔もオート。どんなに高慢な妄想をしていたって、実際の小宮山を前にして、私が本当に好き勝手に我儘《わがまま》にふるまえたことなど一度もないのだ。

ツーショットチェキを撮って手渡すまでの間もいろいろと雑談を交わしたけれど、まったく脳を素通りした会話だった。私はただ小宮山の顔を見ながら、冷たくあしらい傷付けたいとか、その頬を殴り飛ばしたいとか、唐突にキスしてやりたいとか、自分にはできないことばかりを想像していた。自分がもし美月だったらできたかもしれないことばかりを考えていた。

小宮山が立ち去って、また次のお客さんが私の前に現れる。ブスだといじってくるお客さんも多いけれど、かわいいと褒めてくれるお客さんもいる。ありがとう、優しいね、嬉しい、と笑いながら、私はその言葉を一切信じない。だって事実じゃないから。みんな容姿の話だけをしているわけじゃないということはわかってるけど。

表面的には穏やかに列をさばいて、人の途切れた合間にふと息を吐くと、美月の列が目に入る。そこに、小宮山が並んでいた。私の小宮山が。

私は和田さんに一声かけて、その場を離れた。体調が悪くなった、と伝えた。物販の終了時刻にはまだ時間があるはずだったけれど、既に列の途切れた私が消えても、数人の客がざわめくだけで大して問題にならなかった。この場に私は必要じゃないのだ。それは別に悲しいことでもなんでもない。私は特別な女の子ではないのだから。

控室に戻ってひとり、美月が飲み残したペットボトルの水を飲んだ。私は美月に生まれたかった。小宮山の前では美月になれた。少なくともそんな気分になれた。でももう、それもおしまい。強く明るくなった小宮山は本物の美月にたどり着いてしまった。

皆が戻ってくるのを待たず、このまま帰ろうかな、と思う。一応、その旨を桜井にラインで送った。すぐには見ないだろうけれど、問題ないだろう。

小さなライブハウスにはシャワーの設備なんてない。ボディーシートで身体《からだ》を拭いて、着替えを済ませた。控室を出たところで、美月と出くわした。彼女の顔を見て、いくつかの疑問が浮かんだ。先ほど去り際に見たフロアの状況からいって、まだ美月の物販列ははけていないはず。なのに、どうしてこんなところにいるの。それから、どうして、美月らしくもない、そんなに悲しそうな顔をしているの。

「ねえ」

美月は私の腕に手をふれて言った。

「愛梨、本当に辞めるの？」

「え？」

「恵梨香が、桜井さんから聞いたって。愛梨が、グループ抜けるって」

ひと月後には、私はもう空港にいた。青空に向かって飛び立つ光る飛行機を見ていた。飛行機のフォルムは美月に似ていると思った。青空も美月に似ている。綺麗なものは大抵、美月に似る。

美月の泣きそうな顔は、やっぱり綺麗だった。でも、私が本当に憧れて焦がれていたのは、飛行機みたいに無機質で、空みたいに無慈悲な美しさをもつ美月だった。それは私が頭の中で作り出した虚構の存在でしかなく、本物の美月は私がクビにされたことを怒ってくれて、私が去ることを悲しんでくれる、ごくふつうの心をもった女の子だった。クビ、なんて言い方は大げさかもしれない。桜井はそんな言い方はしなかった。ただ、グループの編成を変えるにあたって、新たな「ガールズフレア」に私のポジションはないとのことだった。もうひとり、進学を控えていた紗良も、両親の説得を受け卒業を決めたという。だから新しい「ガールズフレア」は、美月と恵梨香と真衣の三人組。今まで形態の不明確なままやってきた桜井がきちんと事務所を設立して、三人とタレント契約を交わして再出発する。今までのガールズフレアはそのあたりの契約関連が本当にふわふわで、だから、私はクビでもなんでもない。今まで、二年間、私が行ってきたのは、芸能活動なんて呼ぶのもおこがましい、雇用契約すら存在しない仲良し同士の遊びだった。

三人組のグループにしたいんだ、と桜井は言った。

そして、メジャーを目指せるグループにしたい、とも。

「美月がいれば、それが可能だと思う」

メジャーでデビューするだけではなく、メジャーできちんと売れる、人気のあるグループにしたい。日本中の誰もが知るような、「本物」のアイドルにしたい。

「でもそのためには、オタクじゃない一般の人とか、女子からの人気が必要になると思うんだよね」

「それには、グループの色、みたいなのをはっきりさせといた方がいいかなって」

「女の子の憧れを集めるのに、ファッション系の仕事も入れたりだとか、あとは、インスタでお洒落《しやれ》な自撮りを上げるとか、なんていうか、そういう雰囲気のグループにしたくて」

「それに、美月とか恵梨香とかは、あんまり大人数のグループに向いた感じじゃないと思うんだ。少数で、がっと個人が注目されてこそみたいな」

「でも愛梨なら、もっと大人数のグループでも輝けると思う。ガールズフレアじゃない、他のグループでも」

桜井は言葉を選んで私に伝えた。でも、私は彼の言わんとしていることを正しく理解した。私の容姿は、新しいグループのコンセプトに合わない、と。

あー、それじゃ、しょうがないかもね、と思った。

突然の戦力外通告に、でも、怒りは湧いてこなかった。桜井に対しては、裏切られたという感覚はある。自分が離脱するという話を最初に聞かされたのが美月からというのは、今でも納得いっていない。桜井からすれば、いつかのレッスン後にそれとなく編成の変更について匂わせたことが前振りだったのかもしれないけれど。

それでも、脱退の際に難癖をつけられ違約金を請求されるとか、精神を病むほど仕事が辛《つら》いのに契約書をたてに辞めさせてもらえないとか、ブラックな事務所に所属して苦しむ女の子たちだって山ほどいるのだ。その点、桜井は誠実とは言わないまでも、まともな部類に入ると思えた。彼は、私が望むなら移籍先のグループを紹介するとまで言ってくれた。でも、私はそれを断った。怒りはないけれど、やっぱり、ショックではあったから。

私は静かに傷ついていた。ただ、それを口に出したりはしなかった。それは桜井の望んでいる言葉ではなかったから。人に気を遣うことをやめたら、私には長所がなくなる。だからといって、私はこのまま「ガールズフレア」が存在する土地で今後もアイドルを名乗るなんてできる気がしなくて、そうなると私の日常はその大部分を占めていたものを失いスカスカになる。途方にくれていたところ、仙台にいる母親からすべてを見透かしたような『最近どう？　元気にやってる？』のメールが入り、確かな意思も目的もないままひとまず大学を休学して地元に戻ることを決めた。

こんな終わり方は不本意だ。でも、なんとなくだけれど、終わったというそれ自体は、私にとって良いことである気もする。ここのところ、自分のことより、美月か小宮山のことを考えている時間の方が長かった。今振り返って考えると、それはなんだか不健全だった。ふたりのことを考えるとき、自分の中にぐるぐると大きな暗い渦ができることはわかっていた。

帰郷の足としてわざわざ時間もお金もかかる飛行機を選んだのは、大きな荷物を持って新幹線の改札を抜ける瞬間を、万が一にでも、知ってる誰かに見られたくなかったからだ。それから、埼玉や東北のイベントに出演するための遠征で、メンバーと一緒に乗った新幹線には思い出が多すぎる。ひとりぼっちで、じわじわと東京から離れながら、私がもっときれいだったら、なんて叶《かな》わないもしもを思うのは、胸がつぶれる。空をかっとばして行きたい。

離陸までだいぶ時間に余裕を残しながら、私は搭乗ゲート近くのベンチに腰かけた。飛行機を眺めるのにも飽きてきて、スマホを取り出し、新生ガールズフレアの公式ツイッターへアクセスする。これもだいぶ不健全な癖だとわかっているのだけれど、これが抜けるにはまだ時間がかかりそうだ。

運営には写真や動画担当のカメラマンも新たに加わったようで、トップ画像は、私がいた頃の桜井が撮った素人丸出しの集合写真から、光のエフェクトが効いたプロ仕様のものに変わっていた。「ガールズフレア」のロゴだけはそのままで、これはデビュー前に私が桜井と一緒に考えたやつだ。貼られているリンクから飛び、メンバーの個人アカウントをチェックした。美月は相変わらず更新がない。

続く癖で小宮山のアカウントに飛びかけて、私は慌ててホームボタンを押した。小宮山が美月の物販列に並んでいるのを見たあの日から、私は彼のツイートを追いかけるのをやめた。それでも向こうから、また毒にも薬にもならないようなコメントをよこしてくることはあったけれど、卒業を発表してすぐガールズフレアのアイリとしてのアカウントを削除してからは、完全につながりは消えた。

もう二度と小宮山のアカウントには近づかない。私を失って絶望する小宮山なんてどこにもいないと思い知らされたくない。小宮山のツイッターアカウントのサムネイルは、いつか私が気まぐれでチェキに描いた、彼の似顔絵だ。いつか小宮山がその下手くそな絵を設定から外しているのを見つけたりしたら、私はたぶん、泣くと思う。

ゲートの開放を知らせるアナウンスが流れ、席を立った。そのとき、手の中でスマホが震えた。見ると、美月からラインが届いていた。画面を開くと、連なった文章の中に「小宮山」の文字が見えた。一瞬で跳ね上がった心臓を無視して、私はその場に立ったままメッセージを読んだ。

『久しぶりにツイッター開いたら小宮山さんからメッセージが来てて、どうしても愛梨に連絡したいっていうの。勝手に連絡先教えるのは流石《さすが》にまずいかなって思って、メッセージを取り次いだから、送るね。もしかしたらこれもまずいかもしれないから、内緒にしてね』

ちょうどその文面を読み終えたタイミングで、二通目のメッセージが届いた。美月が預かったという、小宮山からの言葉。

『今までありがとうございました。

アイリさんのおかげで、暗かった自分の毎日がすごく楽しいものになりました。

僕は、自分の人生を、ただ苦しく虚《むな》しいものとして捉えていました。自分の存在なんて、なんの意味も、なんの価値もないものだと理解していました。

でも、アイリさんを知ってからはすべてが変わりました。

あなたの名前を呼ぶことができる、この喉が好きになれました。使ったお金がみなさんの活動資金になると思うと、自分に最低限の労働能力があることが奇跡のように貴《とうと》く思えました。あなたがステージに上がる一瞬に、自分が生きていることに心から感謝することができました。

あなたの歌声に合わせて振ることができる、この腕があることが嬉しく思えました。

あなたの前では、僕はすべての苦しみを忘れました。

アイドルになってくれて、本当にありがとうございました。

またどこかで活動することがあったら教えてください』

今度こそ、私はゲートに向かった。にこやかな笑みを向けてくるＣＡさんに、つい癖でそれ以上の笑顔を返す。ブリッジを通り、狭い通路をすり抜けて、たどり着いた硬いシートに座る。

目の奥に熱を感じた。頭の中では、小宮山の送ってきたメッセージが絶えず小宮山の声をもって再生されていた。それに答える自分の声は二種類ある。『キモイ、うざ』と、『私の方こそありがとう。感謝してる』。そのどちらも、自分の本心ではないような気がした。

しばらくして、機体はゆっくりと動き出した。加速の後、一瞬の負荷をもって地面を離れる。ぐんぐんと高度を上げて、雲を抜け、窓の外には目線の高さに青空がある。こうして見ると、実際のところ、空は美月に似ていない。

私はすごく綺麗になりたかった。綺麗な人が好きだったから、自分がそれになりたかった。選ばれし少女とか、運命の女になりたかった。

そのために、実は高校卒業と同時に、目と鼻をちょっといじったりもした。でも、ちょっといじったくらいで運命の美人になれるほどの基盤が私にはなく、かといって骨を削ったり肉を削《そ》いだりするほどの勇気は結局出なかった。今は、それでよかったと思っている。私は、手に入らないものについて少しこだわりすぎたのかもしれない。なりたいという気持ちと、なれないという現実と、その両方にこだわりすぎていた。欲しいものが手に入らないのが普通という、普通のことを忘れていた。

小宮山の顔を思い出す。くぼんだ目に低い鼻に荒れた肌。子供みたいに輝く瞳に、笑い慣れていない不細工な笑顔。

私は、顔がブスという短所と、愛嬌を振りまくのが得意という長所にも、囚《とら》われていたのかもしれない。短所を補ったり長所を活用したりしなきゃと思いこんでいた。べつにもっと、やりたいようにやればよかったのかも。長所でも短所でもない部分に、もっと自分を好きになれるなにかがあったかもしれない。例えば、こういう意味のないことを考える面倒くさいところとか。

そもそも私が本当に一番初めにアイドルになりたいと思った理由は、後から分析して後付けした、美しさへの憧れとかそれに対する反骨精神とかではなくて、もっと言葉にならないような、ただ私がアイドルが好きだっていう、なんだかとてもぐっと来るっていう、単純な好みだったようにも思う。今も残る写真の、不細工な子供だった頃から変わらない好みだ。

小宮山に、なんと返事をするか考えた。小宮山を取り次いだ美月にも。まだ、はっきりと具体的な内容は浮かんでこないけれど、もしかしたら、私はふたりに同じ言葉を返したいのかもしれないと思った。

ふたりがすごく好きだよってこと。

それから、私はたぶん地下アイドルの活動も、まだ好きだ。

★リピート

サイリウムがなぜ光るのか、かつての私は知らなかった。今は知っている。過酸化水素とシュウ酸ジフェニルが混ざりあうことで発生する化学反応の光。熱を発しない、冷光と呼ばれるその光が瞼《まぶた》の裏でちらついた。頭痛を覚えて、窓を開けた。

入り込んできたぬるい空気は、冷たく乾いたエアコンの風とすぐに混じりあった。化学反応を起こして光る空気を想像して、頭痛がじわりと広がった気がした。ここのところ、嫌な偏頭痛に煩わされることが多い。デスクワークが続いていたときによく起こった、眼精疲労による目の奥の痛みとは少し違う。寝不足と疲れ、それに、もしかしたらストレスが原因かも。この私がストレスなんて、なんだか可笑《おか》しい。

振り返ると、散らかった自室が目に入る。疲労と比例するように、なにかと物が増えた。平均的な四十代女性のひとり暮らしには似つかわしくない物たちが、しかるべき収納場所をみつけられずに床に放置されている。サイリウムに、ペンライトに、団扇《うちわ》。やたらカラフルなCDやフライヤー。とても身に着けることのできないデザインのTシャツに、缶バッジ。それらを入手したときの浮き立つような気持ちは今でもありありと思い起こせて、胸が躍る。そして少し疲れる。胸を躍らせるのにも体力がいる。

私が地下アイドルのプロデュースをしようと決意して行動を開始してから、もうすぐ半年になる。

完全に素人だった私がここまで来るのに、多くの苦労と戸惑いがあった。多くの人に助けを請い、有り難いご縁やご厚意に救われて、なんとかやってこられた。

半年の間に、見切り発車、という言葉が何度も頭に浮かんだ。


昼の休憩時間、社食でコンビニのおにぎりを食べていると、天使ちゃんからラインが入った。『一キロ太りました！　どうしよう』という、他愛《たわい》もない内容だ。一キロくらい、それがどうした、と一瞬思う。けれど、なんとか記憶を手繰《たぐ》りよせて、自分も十代の頃はグラムレベルで体重の変化を気にしていたような気がする、と思い出した。いや、本当に自分にそんな頃があったか、正直怪しいけれど、とにかくまあ、もしかしたらこれはすごく深刻な話を打ち明けられているのかもしれない。なんと返事を打つべきか悩んで、結局、正面のイスに座る日村さんに声をかける。

「日村さん、これなんだけど」

小さなお弁当箱をつついていた日村さんは、もう慣れた様子で私のスマホをのぞき込

んだ。うーん、と数秒考えて、

「一キロくらい太っても可愛いから大丈夫、とかでいいんじゃないですか」

「本当？　この子、女子高生なんだけど、それで大丈夫？」

「大丈夫ですよー。いつもの不思議ちゃんでしょう？　かまってほしいだけで大した意味なんてないですって。返事の内容はどうでもよくて、ちゃんと返事をしてるってだけでオッケーですよ」

気楽そうな日村さんの様子に、私は納得して頷《うなず》いた。確かに。天使ちゃんはなにかあるたびにラインを送ってよこすけれど、具体的な目的や重大な意味のある内容であることはほとんどない。

「そっか。そうよね。助かるわ、日村さんに見てもらえて」

「いや、でも私だって高校卒業したのなんてだいぶ前ですし、最近の女子高生とかなに考えてるのかさっぱりですよ」

ゆとりの極みって感じですよねー、と、日村さんはいつものゆるやかな口調で言う。日村さんが入社してきた当初、彼女は、ついにゆとりのど真ん中が来た、と部署内でささやかれていた。ささやいていた社員は前原さんの同期前後のまだまだ充分に若い世代で、さらにその二代くらい上に、私がいる。

時の流れの速さにぞっとすることにも、もうすっかり慣れてしまった。あーはいはい、またこのぞっとする感じね、くらいの気持ち。

「でも、大変ですね。こんなにいつでもラインとか来るんじゃ、完全な休みってないじゃないですか」

「まあ、そうね」

「夏美さん、前まですごいヘルシーなお弁当とか作ってきてたのに、ここのところずっとコンビニごはんだし。家ではちゃんと食べてます？」

「うーん。それなりに、かな」

「しょうがないんですよ」

背後から、声がかかった。振り返ると、前原さんが立っていた。ライスを大盛りにした定食のトレーを手に、私のふたつ隣に腰掛ける。

「アイドル追うのって、時間もお金もかかるんです。一般人の認識ほどぬるい趣味じゃないんですよ」

「夏美さんはただの趣味じゃなくてプロデューサーですからね。前原さんとちがって」

「いや、俺ももう、ドルオタは卒業したんで」

前原さんは得意げに笑った後、私の顔を見て焦ったように首を振った。

「あ、いえ、でも別に、アイドルに興味がなくなったわけじゃないですよ。今だって心の一推《いちお》しはまなみんですし、カエデさんのことも応援してますし」

「いいの。気にしないで」

私はできるだけその言葉が本心に聞こえるように微笑《ほほえ》みながら、心の中では「いいえ、許さないわ」と呟《つぶや》いた。

前原さんは私に地下アイドルの世界を教えてくれた恩人。彼に誘われて参加したアイドルの合同ライブで、私はこれまでの人生で感じたことのない種類の楽しみを見つけて、さらに、自分がこの手でスターダムにのし上げたいと思えるひとりの女の子に出会った。

でも前原さんは、一推しだったアイドル、まなみんが活動をやめてから、その興味は地下アイドルからローカルアーティストに移ったようで、今はどこかの街のご当地シンガーソングライターの女の子を熱心に追いかけている。可愛い女の子を追いかけるという点では何の変化もないけれど、本人は「俺はドルオタは卒業した」と言い張っている。

人の趣味なんて、人の勝手。かつての私なら、絶対にそう考えていた。いえ、今だってそう考えている。前原さんが地下アイドルを応援しようとシンガーソングライターを応援しようと、同じ部署の上司というだけの私に口出しする権利なんてあるわけない。でも、私はどうしても前原このやろうと思う気持ちを打ち消せない。アイドルより魅力的なものなんてこの世に存在するわけないのに。歌って踊って幸せと熱狂を振りまくアイドルよりも、ふにゃふにゃギターを弾いてラブアンドピース、でも汚い大人はクソ、みたいな失笑モノのポエムを歌うシンガーソングライターの方が良いっていうの？　は？

かつての私なら、よく知りもしないアマチュアアーティストのお嬢さんをぼろくそに貶《けな》そうなんて考えなかった。でも今の私は、前原さんがかつて地下アイドルの布教をしていたのと同じ熱心さでそのお嬢さんの魅力を語るたび、不満が募ってしょうがない。心から愛せるものを見つけてから、私はとっても狭量になっている気がする。

「前原さんってば、ほんと調子いいんだから。軽薄な男って嫌われますよ」

日村さんが先輩であるはずの前原さんに、物おじも遠慮もせずに言う。私は日村さんを全面的に支持する顔で笑う。

「いえ、本当に、夏美さんのグループのことはマジで心から応援してますって。デビューライブ、楽しみにしてますよ」

前原さんは言葉で応援するだけではなく、地下アイドルに関してまったくの素人だった私の活動を、色々と助けてくれている。地元のインディーズアイドルを片っ端から追いかけていた前原さんにはオタク仲間や顔見知りのプロデューサーが沢山いて、私が見切り発車させたグループのデビューライブも、二ヵ月後に行われる複数の地下アイドルの合同イベントに、彼のつてでねじ込んでもらった形だ。オリジナルの曲の制作は間に合いそうにないので、披露する予定の曲は他のグループのカバーばかりだけれど。

そのイベントを企画しているプロデューサーも、私同様に二足の草鞋《わらじ》を履き、実家の青果業を手伝う傍ら活動している青年で、メンバー集めやレッスン場所の確保など、実質的な運営に関する情報のほとんどは彼から得た。実際にオーディションを行った際にはオタク仲間であるラッキーさんの力を借りたし、この活動は本当に、人の縁により助けられている部分が多い。アイドルを好きにならなかったら、出会うこともなかったであろう人々との縁。

「ありがとう、前原さん」

本当に感謝している。推《お》し変《へん》は許さないけれど。

「私も楽しみです。絶対見に行きますね。あれ、そういえば。夏美さんのグループって、名前はなんていうんでしたっけ？」

日村さんが訊《たず》ねた。

「まだ、決めていないの」

「え、そうなんですか。メンバーはもう四人で決定なんですよね」

「うん。でも、これからずっと名乗り続けるグループ名って考え出すと、なかなかこれぞ、っていうものが思い浮かばないのよね」

「俺が考えましょうか」

「いえ、大丈夫」

天使ちゃんにラインを送るついでに時刻表示を見ると、休憩に入ってから一時間が経過していた。

まだ今日が半日しか終わっていないなんて信じられない。午後の業務を残して、私は既に全身に広がる重苦しい疲労を感じていた。昨日、夜更かしして楽曲をカバーする予定のアイドルグループのＤＶＤを見ていた。寝不足で、日々の疲れが抜けきらない。けれど今日は終業後に、新たにダンスレッスンに使用するスタジオの下見を予定しているし、明日は土曜日だけど、近くの公園で行われるお祭りのステージに地元のローカルアイドルが出演予定なので、メンバーを誘って見に行こうと計画している。炎天下の野外ステージで、寝不足の身体《からだ》がどこまでもつか、少し心配。けれど、レッスンとは別に皆で楽しく過ごせるような時間を設けるたび、皆の結束が高まっていくのが手に取るようにわかって、それがすごくうれしい。

私はすっかり、自分が集めたアイドル四人の保護者のような気分でいる。いつか同世代の友人に言われた、「人間て自分自身の幸せには飽きてしまうから、自分以外に幸せにしたいと思える人間をつくった方がいい」という言葉を、最近また思い出すようになった。聞いた当時はピンと来なかったその言葉が、今は少し理解できるような気がする。自分の幸せに飽きたりはまだしていないけれど、自分以外の他人のためにあれこれ動き回ることが、今、すごく楽しいもの。

でもそれって、めちゃくちゃ疲れるのね。

日曜日、私は久しぶりにアイドルとは無関係の用事で家を出た。学生時代の友人らと少しリッチな昼食を共にするという、半年に一度開催される気楽な集いのためだ。リッチな昼食、とはいっても、大学卒業から二十年以上が経った今では皆の境遇も生活環境も貨幣価値すらバラバラで、とにかく子供関係の出費のために生活費を切り詰めたい、という三人の子持ちのひとりに合わせると、かつての私を含む数名には少々物足りないランクの店を選ぶことが常だった。

今の私はといえば、お財布に優しいお店は大歓迎。プロデュース業を始めてから際限なく減り続けていく預金通帳の残高に、空恐ろしさを感じ始めていたところだ。

メンバーを集めるまでにも、オーディションを行うための場所代や応募者へ支払った交通費などが結構かさんだ。メンバーが確定してからは、メンバー四人分のレッスン費用に、スタジオのレンタル代、他グループの視察のための各種イベント代、CD代などがバカにならない。ボイストレーニングには講師はつけず、経験者の楓や愛梨にその役割を頼ってはいるけれど、こちらも場所代、雑費はかかる。

それらの出費を、私はすべて自分ひとりで負担しようと初めに決めた。回収できるだけの利益を出すまでどれくらいかかるかは未知数だし、そもそも利益を出せるほどの人気が出るかどうかも定かではない。それでも、自分のアイドルたちから活動費用を徴収するのは嫌だった。前原さんに連れられて初めて地下アイドルのステージを見たときから私の中には理想とするアイドル像があって、舞台の上できらきらと歌い踊る少女たちには、その活動に金銭的な犠牲をあまり払ってほしくない。なにより、集まったメンバーたちの中に、私よりも経済的に余裕のある子はひとりもいないのだ。

「夏美、痩せた？」

待ち合わせのレストランで顔を合わせるなり、先に到着しメニューを開いていた友人のひとり、翔子《しょうこ》が言った。

「わかんない。うち、体重計ないし」

「げ、本当？　今度一台あげる。うちに大量に余ってるから」

「なんで体重計が余るの」

「いいやつ見ると欲しくならない？」

「体重計買っても体重は減らないのに」

私は深く息をついて、その隣の席に座った。約半年ぶりに合わせる顔に、安心感と、少しの脱力感を覚えた。久しぶり、と浮き立つ気持ちもないわけではなかったけれど、その感覚に新鮮さはない。

「なに、ため息なんてついて」

「ううん。なんていうか、ババアと喋《しゃべ》ってると気楽だな、と思って」

「うわ、ババア以外と喋ってるアピール？　うぜー」

翔子の言ったその「うぜー」のイントネーションに、翼くんの顔が頭に浮かんだ。翔子には高校生になる息子がひとりいて、会話の端々でその影響を思わせる単語が出る。

私は、翼くんにつられ少しずつ男子高校生に寄せた話し方になる自分を想像した。ぞっとする。あ、このぞっとする感じは、ちょっと新鮮。

「で、どう、最近。なにかあった」

注文も決まりきらないうちから、近況報告が始まった。遅れてやってきた面々がそろう頃には、先に頼んでいた一杯目のビールが空になっていた。

割り勘になるんだから食べることに集中しなきゃ、と、またしてもぞっとするようなケチ臭い計算が働いて、私は積極的に聞き役に回った。各々の家庭、仕事、趣味についてのサムシングニューが次々に議題にあがるのを、純粋に楽しく聞いていた。そこでふいに、「どうなの、夏美は最近」と、翔子が水を向けた。

私は、口に含んでいた二杯目のシャルドネを時間をかけてゆっくり飲み込んでから、

「なんにもないよ」

肩をすくめて笑って見せた。私に報告できるような近況がないのはいつものことなので、私の静かで穏やかで停滞した日常について、誰も質問を重ねるようなことはしなかった。

実は今、新しくやっていることがあるの。地下アイドルっていう……。

私はそれを、最後まで言わなかった。

久しぶりに飲んだ割には、あまり酔わなかった。

重い身体に頭痛の予感を覚えながら、私は地下鉄に揺られていた。スマホを確認すると、また天使ちゃんからラインが届いていた。

『今、翼くんとアイリお姉ちゃんとマックでミーティング中です』

文章に加え、三人で頬を寄せあい自撮《じど》りした写真が数枚送られてきている。微笑ましく思いつつも、年上の愛梨に対する「お姉ちゃん」というその呼び方に、私は先日初めて挨拶に伺った際に会った、天使ちゃんの家族を思い出した。未成年者を預かる以上、どうしてもひとこと挨拶させてほしいと頼み込んで、ようやくほんの五分だけ時間をくれた、彼女の母親の冷たい視線。「あの人は実の母親ではないのです」と天使ちゃんは言った。「私は天使なので、本当の両親は神です」と大それたことを言った。

天使ちゃんは家族と折り合いが悪く、グループに疑似家族のような役割を求めているきらいがある。アイドルの世界に、自分の居場所を求めているとも話していた。

翼くんは、そんな天使ちゃんやアイドルの活動に、現実逃避ともとれるような非日常感を求めている節がある。いつだったか、彼は自分の抱える、将来に対する大きな不安の片鱗を話してくれた。冗談めかしてはいたけれど、いつか社会人になるということが、いつか死ぬことよりも恐ろしく感じられるときがある、と。

　社会人なんてすっげー楽よ、マジで、と私はアドバイスをしたけれど、翼くんは不思議そうな顔で首を傾《かし》げるだけだった。まあ、以前の私ならともかく、今の私は俄然《がぜん》くたびれている社会人だから、説得力がなくても仕方ない。

　愛梨はといえば、この私たちの新しいグループを、ついこの間まで所属していたアイドルグループでの後悔や反省を活《い》かす場所として捉えているようだ。私は愛梨の以前所属していたグループでのパフォーマンスを、純粋な観客として見たことがある。その頃の愛梨と今の愛梨とでは、ちょっと雰囲気が違う。今の愛梨は、自然体、というか、自然体でいようと努めているというか。

　そして、楓。楓がアイドルの世界に求めているものはもっとシンプルで、それは、宝塚歌劇団の代わり。宝塚歌劇団は、彼女の心に宿って消えない永遠の夢なのだという。最初にそれを聞いたときは驚いたけれど、だからといって地下アイドルの活動に手抜きがあるわけではなく、彼女も以前加入していたグループの解散を経て、より真剣にアイドルの世界に向き合えるようになったと話していた。

　楓。彼女こそ、私のミューズだ。彼女の存在があったから、私は凪《なぎ》のように穏やかだった平穏な生活を犠牲にしてでも、新たな挑戦を始めたいと思った。

私はこのメンバーが好きだった。あるいは、たぶん愛し始めている。じゃあ、どうして先ほど、気心の知れた友人たちに会って、その想《おも》いのたけを言葉にしなかったのだろう。地下アイドルのプロデューサーを始めたとも、地下アイドルにはまっている、とさえ言わなかった。いや、今思い返してみると、私はさっき、友人たちにそれを確かな意思をもって隠した。なぜ？

地下鉄が、マンションの最寄り駅へと着いた。スーパーに寄って食材を買わなくては、と考えたけれど、買い物袋の重さを想像して、今日はパスしようとすぐに決めた。スーパーよりも近いコンビニに立ち寄り、お弁当と、アイスクリームの小さなカップを買う。先ほどまで会っていた友人たちの中には、コンビニで明らかにひとりぶんとわかる食べ物を買うことができないという者もいた。レジの人に何か思われるのが恥ずかしいと。私は、そういう自意識の部分がわりと薄い。いつもひとりきりで温かさや華やかさに欠ける、私の生活そのものを憐《あわ》れむ者がいるのも知っている。でも、私にとってはこれが一番ナチュラルな状況で、身体にも精神にも合っている。それをどう思われても、気にならないというか、仕方ないじゃない、というか。

でも、アイドルのことをあれこれ言われるのは、嫌だったのかも。

いい歳《とし》してアイドル？　とか。地下アイドルって地下ってなによ、とか。最近のアイドルってあんまり可愛くないわよね、とか。アイドルってもう増えすぎてババアには覚えらんないわ、とか。きっと友人たちは、悪意なく、何ならちょっとした親しみを込めて、私が急に熱病のようにはまりだしたものについて面白がってくれるだろう。私はたぶんそれに、ガチでマジでキレる。

もし、これが数ヵ月前だったら、大丈夫だったかもしれない。地下アイドルにはまりたての頃だったら。プロデューサーをやりたいと意気込み行動を始めたばかりの頃なら、私はきっとその魅力とか素晴らしさを、熱を込めて長々と語ることができた。二十数年来の友人からのささやかなからかいなんて、もちろん気に病んだりしなかった。

でも今は無理。ちょっとしたランチのついでに口にするには、悪気のないコメントを気楽に受け流すには、今の私にとって地下アイドルは大切すぎる。大切に思うあまり、狭量になって、過敏になって、まったく冗談が通じなくなっている。

何なら少し、重荷になっている。

月曜日、あまりの身体の重さに風邪《かぜ》でも引いたかと体温を測ってみると、普段通りの平熱でむしろぐったりした。週末、家で静かに過ごす時間がほとんどなかった。とはいえ、激しく体力を使うようなアクティビティをこなしたわけでもないのに、こんなにも疲労が溜《た》まっている自分が不思議だ。

職場に着くと、始業時間前のオフィスではまた前原さんが、週末に足を延ばしてきたという音楽イベントについて同僚に熱く語っていた。彼だって、休みのたびに県内外のイベント会場を飛び回っているというのに、特に疲れが溜まっているような様子はない。自分の愛するものについて語るときの彼は本当に楽しそうで、こだわりにがんじがらめにされてストレスを感じているような様子も微塵《みじん》もない。どうしてかしら。前原さんってやっぱり、愛情が薄いのかしら。

「おはようございます」

「お、プロデューサー。おはようございます」

前原さんがにこやかに振り返る。最近、彼はこうしてたまに私のことを「プロデューサー」と呼ぶ。なぜだろう、前原さんにはそうやって今の私の活動を面白がられても、それほど嫌な感じはしない。

「ねえ……前原さんは、つらくないの？」

「はい？」

「いや……あのね。なんて言ったらいいんだろう。その、前はアイドルで、今は、シンガーソングライターの女の子。その子たちのこと、いろんな人に話して、いろんなリアクションが来るでしょう。それで……愛しすぎて、つらい、みたいなことってない？」

そこまで話してから、私は始業前のオフィスでいったい何を言っているのだ、と恥ずかしくなった。これっぽっちも上手《うま》く説明できないし。ごめん、なんでもないわ、と切り上げかけたとき、前原さんがふっと笑った。

「夏美さん。それは、慣れですよ、慣れ」

「慣れ?」

「そうです。俺も、初めて推しの女の子ができたとき、俺以外がその子の名前を呼ぶのすら無理でした。大丈夫。慣れれば平気になりますよ」

「前原さん、私、最近、地下のライブが前ほど楽しくないの」

悠然と微笑む前原さんがものすごく頼りがいのある先輩に思えて、私は、胸にわだかまっていたものを打ち明けた。

「すごく、疲れるの。前は純粋に楽しかった。でも、今はいろんな粗《あら》が見えるし、自分のアイドルたちと比べて上だとか下だとかキャラが被《かぶ》ってるとか、余計なことを考えちゃう。前は、ステージの上はきらきらした特別な場所だと思って見ていたけれど、その世界をよく知るようになったら、なんてことはない、お金を払えば借りられるただの小さなステージなのよね。アイドルだって、ただの人間だし。でも、純粋にすごく楽しかったときの感動を覚えてるから、頑張って楽しもう楽しもうって、それがすごく、疲れる」

でも、その世界をぜんぜん知らない人たちに、貶されたり笑われたりするのは絶対に嫌。なんでこんなに面倒な気持ちを抱《いだ》くようになってしまったのだろう。こだわりのない人間だったのに。いや、今だって、こだわりのない人間でいるつもり。アイドルに関することと以外は。

「プロデューサーなんてやろうとするからよね。ただ、ステージを見上げるだけの純粋なオタクでいたなら、こんな思いをすることもなかったかな」

「いや、でも夏美さん。愛って、苦しみなんですよ」

神妙に呟いた前原さんの言葉がちょうど彼の後ろを通りかかった日村さんにも聞こえたらしい。日村さんは寒気がするとでもいうように、自分の両腕を抱きしめるジェスチャーで顔を歪《ゆが》めた。なに言ってんですか、と、聞いたこともないような低い声で呟き去っていく。愛についての前原さんの見解は、日村さんには不評だったみたい。

でも、私は前原さんの言葉が、シンプルにすっと胸にしみた。愛とは苦しみ。やっぱり、そうなのね。なるほど。今まで私、知らなかった。愛するのって疲れる。面倒くさ。

最初の夜のことは、今でも忘れていない。

鈍器で殴られたような楽しさ。夢みたいだった。自分の年齢も、性別も、生活も、容姿も全部忘れて、ただ目の前のステージにイエーイと声を張り上げたあの晩のときめきを、私はまだ呼び起こせる。

でも、いつか思い出せなくなる気がしている。このままプロデュース業を続けていけば、現実として目にするあれこれに塗りつぶされて、あの日の輝きは記憶を想像で補完して、やっとかろうじて認識できるくらいに薄まったなにかになるだろう。それだって、素敵な思い出の残りカスとして十分に私を支えてくれるかもしれない。でも、私はまたあの感動を味わいたい。スカートのひらめくラインにただただ心を奪われたい。正直に言う。私は、プロデューサーになろうと決めたことを後悔している。

メンバーの四人のことはみんな大好きだ。その幸福を願っているし、彼女らがステージに上がる手助けをするのはとても楽しい。でも、この楽しさと引き換えに私はいろいろ失った。私は舞台に近づきすぎた。舞台上の少女たちの名前すら知る前から心を奪われたあの瞬間のときめきを失った。

だからと言って、途中で投げ出すわけにはいかない。身体が疲労しようと心がどろどろしようと、人生で初めて愛したものがその形を変えていく喪失感に苛《さいな》まれようと、一度行動を起こした以上、私には責任がある。私には大人として守り支えるべきあの子たちがいるのだ。それぞれがそれぞれの理由で、地下アイドルという奇妙な世界に光を求めるあの子たちを、幸せにしたい。

フットマッサージ器にふくらはぎをもませながら、今はメジャーで活動する某アイドルグループのインディーズ時代のブルーレイを流し、サーティワンアイスクリームのレギュラーダブルを二セット食べて、ようやくそう気持ちを新たにした矢先に翼くんから連絡が入った。活動を辞退したいという。

「冷静に考えたんですけど」と翼くんは言った。

活動辞退の連絡をラインで受け取って、すぐに直接話し合いの機会を設けた。火曜日の夕方、翼くんの学校が終わる時間に合わせ、私は急遽《きゅうきょ》、半日だけ有休を取った。待ち合わせ場所のファミリーレストランに現れた翼くんは、当然のことながら学校の制服を着ていた。オーディションに初めて現れたときの長いウイッグはつけていないし、メイクだってもちろんしていない。ふつうの高校生。

「やっぱ、女の子のなかに俺がまざるのって無理があるよなって」

「それは……そう？」

そう言われてみればそうよね、と思わなくもないけれど、でもなぜ、ライブを控えた今のこのタイミングで、そんなふつうのことを言うの？

「すみません。自分でオーディション受けといてあれですけど、なんか、そんときは色々もやもやしてたときで。オーディション受けれてすごい嬉《うれ》しかったし、合格って言われた瞬間はテンションあがってたし、やってやるぜ、って気持ちだったんですけど、なんか、ふつうにみんなで地下の他のグループのライブとか見てるうちに、いや、このステージの上に俺がいんのおかしくね？　って、冷静になりました」

翼くんは本当に冷静な目で、静かな声で説明してくれる。冷静になんてならなくていいのに。そんな冷静な感覚なんて吹き飛ばすほどの無尽蔵なポテンシャルが、地下にはある。

「そんな、他のグループと同じでなくたっていいと思うの。今って、地下アイドルのブームも何巡かして、いろんなジャンルのアイドルが出尽くしてしまっていると思う。奇のてらいかたも似たり寄ったりって感じで。翼くんの存在は、私たちが他との差別化を図っていく上で欠かせないと思ってる」

私は気まずそうに目を伏せる翼くんの顔をのぞき込み、そう訴えた。

今ここで彼を失うのは避けたかった。みんなが打ち解けて結束し始めた時期だし、いよいよデビューライブに向けて一歩を踏み出したところだ。それに、こんなこと絶対に言いたくないんだけれど、私は君に、すでに結構なお金をかけているんだぜ。

「いやー、夏美さんは女の人だからわかんないかも知んないけど、男は女の子がわいわいしてるなかに男がいたらやっぱテンション下がるよ。そこを他との違いとして楽しんでっていうのは、ちょっと難易度高いっていうか、オタクの側に求めすぎだと思う全員が女装男子のグループとかだったらまた話は別だと思うけどね」

「でも」

「あと、ごめんなさい。他にも理由があって、すごい勝手なんだけど、俺、他になりたいものができた」

「え、嘘《うそ》。アイドルよりも？」

「うん」

「そんな……そんなものってある？　アイドルより素晴らしいものなんて」

「うん。まだなんにもはっきりとは決めてないけど、なれたらうれしいなって」

なに、と身を乗り出した私に、翼くんは少し照れたように視線を逸《そ》らして、会社員、と答えた。夏美さんがかっこいいなって思ったから、と。

「なんか、夏美さんっていろんなお金払ってくれるじゃん。レッスン代とかもだし、みんなでご飯行ったときとか奢《おご》ってくれるし、サイリウムオッケーのライブではみんなのぶん買ってくれるし。そういう、ちゃんと働いて余裕でいっぱいお金使える大人ってかっこいいなって思って。仕事とかすごい楽だよって言いながら、がんがんお金使う大人になりたい。不景気とか言わないような」

でもわかんないです、俺なりたいものすぐに変わるんで、と翼くんは続ける。なんて無責任で、自由な言葉。あ、引きとめられないかも、と思った。かっこいい、と言われたことが純粋に嬉しかったし、かけがえのないその無責任さを大切にしてほしいと思ってしまった。あと、君にいくらお金をかけたか云々《うんぬん》の話は絶対にできないわ、とも思った。

翼くんが抜けるなら、メンバーは楓と愛梨と天使ちゃんの三人。まあ、翼くんの言うとおり、その方が無難に王道を目指せそうな面子《メンツ》ではある。

「それと、あの、夏美さん。もしかして、もう天使ちゃんからも連絡ってありました？」

「え？　いいえ」

さらに一段眉を下げて申し訳なさそうな顔をした翼くんが言う。

「あの、これって俺から言っていい感じかわかんないですけど、天使ちゃんも辞めるっぽいこと言ってました」

「マジで？」

天使ちゃんが辞めるはずがない。だって、アイドルの現場は天使ちゃんを天使ちゃんとして受け入れてくれる、唯一の彼女の居場所なのだから。そう思ってラインを送ってみたところ、すぐに返信が来た。『そうなんですよ。迷ってるんです』

「マジだわ」

「あ、やっぱり辞めるみたいです？」

「迷ってるって」

「あー」

翼くんは注文したビーフハンバーグステーキを大きくカットしながら頷く。ライン越しの天使ちゃんよりも彼に聞いた方が早そう、と思い訊ねた。

「どうして、理由は？　天使ちゃんは、自分の居場所を必要としてたのに」

「いや、なんかもう、その居場所ができたっていうか」

天使ちゃんのツイッターフォロワー数が、二万を超えた、という。二万。その数字が、いまいちピンと来ない。翼くんはいくつなの？　と聞くと、俺は一回しかつぶやいてないからセミナー系の業者っぽいやつがふたりです、との答えでますますピンと来ない。

「天使ちゃんはいっぱい自撮りも載せるし天使キャラで謎だけど優しい感じのつぶやきばっかりだから癒されるって、なんかいきなりすごい人気でたんです。天使ちゃんって、アイドル名義じゃないツイッターも普通にやってたけど、そっちは人見知りしちゃってあんまりつぶやけなかったって言ってました。アイドルとしてのアカウントだからこそ自由に発言できて、人間の友達が増えて楽しいって。あ、あと、そのアカウント、仲良くないクラスメイトとかにもバレちゃったらしいんですけど、フォロワー一万超えたあたりから馬鹿にされなくなって、あんまり悪口とかも言われなくなったって」

ツイッターのフォロワー数がクラス内のヒエラルキーに影響する。それって、今の時代は普通のことなのかしら。そして今ようやく二万という数字に理解が追いついてきた。私の実家のある大河原町《おおがわらまち》は人口が二万五千人弱。

「それで、特に仲良くなった人といろいろ打ち解けて話すうちに、高校卒業したらとにかく実家を出た方がいいよってアドバイスされたみたいです。その方が家族と仲良くなれるんじゃないかって。で、卒業後はすぐ働くか、親も納得させられるくらい良い大学入ってひとり暮らししたいって。天使ちゃんは大学の方に心が傾いてて、それなら勉強に打ち込みたいし、活動は辞退しようかなー、みたいな。天使ちゃんを受け入れてくれる人なら、もう、二万人できたわけだし」

翼くんがそう話してくれる間に、天使ちゃんからもラインが続いて届いていた。翼くんの話とほぼ同じ、辞退を検討している理由に加え、『勇気を出してアイドルを始めて良かったです、感謝しています』という、もうほぼ辞めることを決心していると読み取れるさわやかな言葉。明るくポジティブに完結しているそれを覆せる言葉がすぐには思い浮かばなくて、私は結局、『次のレッスンで話し合いましょう』と結論を先送りにした。翼くんが食べたハンバーグも結局奢って、その日は家路についた。

帰ってから、昨日に引き続きまた某アイドルグループインディーズ時代のライブブルーレイを見た。なぜか昨日よりも、そのきらめきが夢のように感じられた。

土曜日のレッスンでメンバーが顔を合わせるまでの数日間、私は職場で来シーズン発売予定のボールペンシリーズの企画書を右から左に受け流すかたわら、今後のグループの展開について考えて過ごした。翼くんと天使ちゃんが欠けるとしたら、愛梨と楓のふたり組になる。ふたりではグループとはいえない。新しいメンバーを、今から探す？デビューライブは二ヵ月後だ。間に合わなくはない。この子だ、と思えるようなメンバーが、すぐに見つかればだけれど。あるいは、去りゆくふたりをどうにか説得できないか、もう一度挑戦してみようか。でも、辞めたがっている子を無理に引き留めるのってどうなんだろう。ふたりとも、それぞれ自分の将来を真剣に考えたうえで出した結論なのだ。祝福してあげるのが優しさじゃない？　私が純粋なオタクなら、きっと寂しさを覚えつつそうしていた。

土曜日のレッスン場所は、メンバーのオーディションを行ったときにも使った郊外のレンタルスタジオだった。交通の便がいまいちで値段もそれなりに張るのだけれど、綺《き》麗《れい》で設備も整っているのでなかなかの人気があり、予約を取るのが難しい。ライブに向けて意識を高める目的で、一ヵ月前に予約した。曲はすべて他のグループのカバーで、ボイスレッスンをカラオケでばかり行っていたのでは、モチベーションも上がらないだろうと考えたのだ。モチベーションもなにもメンバーが半分に減っているとは、そのときは想像もしなかった。

当日、天使ちゃんと翼くんは、揃《そろ》って同じ時間に現れた。天使ちゃんとの話し合いのため、愛梨と楓には理由は告げず、少しだけ時間をずらして来てもらうように頼んでいた。でも、なんで翼くんも一緒に来たのだろう。てっきり彼は、もうレッスンへは参加もしないつもりかと思っていた。ふたりはぴったり肩を寄せて、仲の良い姉妹みたいに並んでやってきた。もしかして、このふたりって付き合っているのかしら。

割り当てられたブースも、ふたりのオーディションを行ったときと同じ二階の西端の一室だった。午後の日が柔らかく差す廊下の突き当たり。懐かしそうに目を細める天使ちゃんに、決心は固いの？　と訊ねると、彼女は大きな黒目のまっすぐな目で頷いた。

「フォロワーさんに神託を届けながら、お勉強をしようと思います。ツイッター上でだけでもアイドルを始めたおかげで、応援して支えてくれる人ができたので、選択肢の幅が広がりました。地下アイドルは変わらず好きですけど、私、歌やダンスは上手じゃないですし、ネットアイドルでいる方が向いてるみたいです。地下アイドルは、ファンでいる方がいいみたい」

ファンでいる方がいい。それわかるー、と言いそうになって、私はただ、「そっか」と相づちを打った。「進学先は、もう決めてるの？」と、軽く話題を逸らした。

「東京の大学がいいなって思っています。都会の方が、フォロワーの人たちと共通の話題がしやすいですし、東京なら、愛梨お姉ちゃんもいますし」

私はまた、そっかー、と相づちを打ちかけて、

「え？　愛梨？」

「はい。あれ？　まだ聞いてないですか？　愛梨お姉ちゃん、東京に戻るって」

聞いてない。あなたたちちょっと、ちゃんとホウレンソウくらいしなさいよ。報告、連絡、相談、社会人の基本でしょう。まったく、これだから最近の若者は。

「ごめんなさい」

スタジオに現れた愛梨は私の顔を見るなり、なにかを察してそう言った。察しの良い子。それとも私は、そんなにわかりやすくヘコんだ顔をしているだろうか。

「前のグループで縁があった人に誘われて。秋葉原にある店舗型のアイドルグループなんですけど、コンセプトとか、形態とか、自分に合ってる気がして」

「愛梨お姉ちゃんは、アイドル姿を見せたい人が東京にいるんですよね」

天使ちゃんがにっこり微笑み言葉を挟む。なんだか嬉しそうな天使ちゃんの様子を見るに、愛梨にとって、アイドル姿を見せたいその人の近くに行けるチャンスは、よっぽど嬉しい話なんだろう。

「仙台と東京なんてすぐよ。こっちで活動しても、その人に見に来てもらえばいいんじゃない？」

私はなんとか愛梨の足首にでもしがみつこうと提案する。

「うーん、でも、……来てくれるか、わかんないですし」

そううつむいた愛梨はなんだか恋する乙女《おとめ》、という感じに可憐《かれん》で可愛い。可愛さに加え、「あと、私向こうの大学休学してるんですけど、そっちもちゃんと復帰しようかと」と真面目な話をされてしまうと、もう返す言葉がない。

「夏美さんとみんなには感謝してます。ゼロからアイドルやるっていう感覚がすごい久しぶりで、楽しかった。自分がどういうアイドルをやりたいのか、おかげで見えてきました」

愛梨は満足そうに頷いた。去りゆく者のすがすがしい笑みで。そんなすがすがしく笑われたところで、残されるこちら側はどうしていいものやら。

そのとき、ブースの入り口を背にしていた愛梨の後ろで、扉が開いた。

「おはようございます」

扉の向こう、楓が立っていた。西に傾きつつある太陽の黄色い光が、彼女の顔の左側に当たっている。自然光に照らされた楓の影は、スポットライトに照らされたときのそれとはまったく違う形を作る。

おはよう、の挨拶もそこそこに、三人の辞退の意向を楓にも伝えた。

「え、そうなんですか」と、楓は大きな目をさらに見開いた。

え、知ってましたよ、とリアクションが返ってきたらひとりだけなにも知らなかった私の立場がいよいよないわ、と思っていたので、楓が素直に驚いてくれて正直ちょっぴり嬉しかった。各々が私に話してくれたのと同じ辞退理由を楓にも伝え終えると、楓は眉を下げて静かに笑った。

「さみしいですけど、仕方ないですね」

その落ち着いた様子を見て、私は、もしかして、と思った。

もしかして、この流れ。楓も、辞めるつもりでは？

なんだか、今この空間の空気がそんな方向に流れ始めている気がする。私のアイドルグループがデビュー前に全滅しそうな空気。遠く他のブースから届く管楽器の音に混じって、静かに息を引き取ろうとするグループの最後の吐息が聞こえるような。

「夏美さん」

楓が私を見た。つられるように、他の三人のメンバーも私に視線を向ける。

それで私は、ああ、いいわよ、と思った。

そう思った自分に少し驚く。このグループは心から大切。でも、移り気な若者の自由な気持ちを引き留めることなんて、私にはできないし、したくないのだと気がついた。辞めたいなら、辞めて良い。悲しいし寂しいしこのやろうと思う気持ちがないわけでもないけれど、でも、それでもいいわよ。

少し考えるように間をあけた後、楓が再び口を開く。

「私はひとりでも続けます。でも、夏美さん、辞めたいんじゃないですか」

辞めたいんじゃないですか。

思わぬ質問に、私は一瞬フリーズして、でも私の頭は、その質問に対する答えを勝手に考え始めている。

続けたい、と思った。同じくらい、辞めたい、と思った。

自分で思っている以上に私には体力がなかったし、心には余裕がなかった。私の心の一部はこれを始めたことを完全に後悔している。

でも、誰にもそれを気取《けど》られるような隙を作った覚えはない。私、いい大人だもの。隠した方がいい本音は隠せる。なのにどうして、楓がそんな質問をするの。

「夏美さん、ちょっとムリしてたでしょ」

私の疑問を読みとったのか、横から愛梨が答えた。ひとつ頷いて、楓が続ける。

「夏美さんはアイドルがすごく好きだけど、それは、本当にただの『好き』なんじゃないかなって思ってた。私たちみたいに、そこに、なにかを叶《かな》えたいわけじゃなくて」

楓の声は静かで低いテンション。初めて舞台の上で見たときは、なんてきれいな女の子、と思ったけれど、今はきちんとした大人の女性にも見えるし、不安定な若者にも見える。世界中にたくさんいる人間のなかのひとりに見える。

「夏美さんはちゃんとした社会人だから途中でばっくれるとかいう発想がないかもしれ

ないけど、地下アイドルの世界ってわりとそんなんばっかです。夏美さんが頑張ってくれてるのは嬉しかったけど、でも、もう気にしなくていいですよ。私はひとりで、どこか別のグループを探します。大丈夫だから、夏美さんは、自由なオタクに戻って」

私はひとりでも続けるので、と、楓はもう一度念を押すように言った。

私が辞めても楓は続けてくれる。私は無責任なオタクに戻れる。

それで私は、自分でも驚くくらいあっさりと首を縦に振った。そうして私の挑戦は終わった。郊外のレンタルスタジオの一室で、大きな衝突が起こるでも劇的なトラブルに見舞われるでもなく、派手な演出もスポットライトもそれを見守る観客もなく、ただ終わったので終わった。

「おつかれさまでした」と楓が笑った。アイドルの笑顔じゃなくて、ただの笑顔で。

全身に広がる、達成感も伴わない地味な疲労感、徒労感。それがなんだか妙に愛《いと》おしく感じられた。

デビューを予定していた二ヵ月後のイベント開催者に電話を一本入れて、出演キャンセルの意向を伝えた。先方は特に驚きもしなければ難色を示すこともなかった。前原さんのコネがあってのことなのか、キャンセルなんてよくあることなのか。そうだ、後で、前原さんや、力をかしてくれた仲間たちにも報告しなければ。この情けない顛末《てんまつ》を。

デビュー前に解散。私の努力は実を結ばなかった。生まれる前に死んでいくものなんて、別に珍しくない。世の中、不発弾がごろごろしている。

「まあ、みんなもともと趣味は同じわけだし、また地下の現場とかで会うこともあると思いますけど」

レンタル終了時刻までだいぶ余裕を残して、私たちは帰り支度を開始した。楓以外の、私事により辞退となった面子はちょっぴり肩身が狭くて気まずい感じだったので、楓が明るく話してくれるのがありがたかった。彼女の言う通り、これで私たちのつながりが途切れるわけではない。けれど、新たにできたやりたいことのために辞退する三人と私とでは、きっと今感じている心境にも違いがある。当然か。三人と私はなにもかもが違う。主に年齢とか。

もしかして、私がこの人生で新しいことを始めるのって、これが最後だったかもしれない、と思った。手慰みみたいな趣味くらいなら、今後も始めることはあるかもしれない。でも、そういう、暇な時間をふんわりあてがって始める穏やかな趣味じゃなくて、どうにも抗《あらが》えないくらいの衝動に突き動かされて気づいたら生活を削って夢中になっていた、みたいななにかとは、もう出会わないかもしれない。他人にちょっと口を挟まれたくらいで理不尽にキレて攻撃的になるほど大切ななにかとは。

「ねえ、ひとつお願いがあるんだけど」

スタジオを出ようとする皆の背中に、私は声をかけた。

振り返った皆が、なんですか、と目で問う。その若い瞳に、私は自分の頭に浮かんだ提案が若干気恥ずかしくなった。感傷的になっていると気取られたくなくて、努めて軽い口調で言う。

「発表することはないだろうけど、このグループに名前をつけてもいい？」

「ああ」

そういえば、名前なかったですね、と楓が頷いた。

いいですね、そうしましょう、と、愛梨と翼くんが笑う。天使ちゃんはけろりとした声で、「堕《お》ろした子供に名前つけるみたいですね」と言った。言い得て妙、だけど、そういう世間様のナイーブなところに触れる発言でこの子はいつかツイッターを炎上させそうで怖い。

「もう決めてたんですか？　名前」

楓の問いに、私は頷いた。照れそうになる気持ちを押し殺し、慎重に息を吸って、その名前を口にする。

「うごめく星」

「え？」

「うごめく、星」

「へー。可愛くはないですね」

天使ちゃんが言う。他の三人は各々不思議そうな顔で、ノーコメント。あまり高評価は得られなかったようだ。でも、いいの。初めてのライブで、前原さんたちを騙《だま》して初めてリフトで上げてもらったとき、フロアにうごめいていたいくつもの頭と反射する光を私はいつまでも忘れない。地下アイドルグループ『うごめく星』、ここに解散。

普通のオタクに戻ります。そう思っていた。

でもよくよく考えたら、私は地下アイドルの世界にハマるとほぼ同時にプロデューサーを志したから、普通のオタクでいた時間なんて、せいぜい数十分。普通のオタクがどういう生き物なのか、そもそもわかっていなかった。プロデューサーなんて出すぎたマネをやめさえすれば、心穏やかな、心の広い、こだわりのないオタクになれるものかと思っていたけれど、『うごめく星』解散からひと月が経っても、私は狭量で繊細な人間のままだった。

部屋は汚いままだし、アイドルのブルーレイを見て睡眠時間を削る夜も続いているし、ツイッターやなんかで地下アイドルを軽んじるつぶやきを目にするたびに、一気に頭に血が上る。気楽な人間に戻れない。やっかいな呪いが解けないみたい。こだわりのない人間だった頃の自分がどんなだったか、だんだんと思い出せなくなってきている。

　地下アイドルのイベントにも、私は依然、仕事の合間を縫っては体力のぎりぎりまで参加していた。今特に追いかけているのは、サイリウムの使用や激しめのモッシュも許容する、ちょっとした炎上狙いも透けて見えるお祭り感の強いグループ。でも、町や市がバックについたお行儀の良いローカルアイドルも、それはそれで微笑ましくて好きだ。メンバー同士の上下関係、人間関係がパフォーマンスに如実に表れる店舗型のグループも面白い。やっぱり私の一番好きなイベントは、複数のアイドル達が一度に見られる合同ライブ。


　ある日のライブハウスで、なんとなく顔見知りになった常連さんたちと会釈を交わしながらフロアでの立ち位置を探っていたとき、どうにも目を引く女の子とすれ違った。振り返ると、同じく振り返ったその子と目が合った。ひと月ぶりに顔を合わせる、楓だった。一瞬わからなかったのは、彼女がその長かった髪を、ばっさりショートに切っていたから。

「似合うわ」

　久しぶりに会う相手に対する最初のひと言としては無礼なくらいにストレートな感想が、つい口をついて出た。

「すごく似合う」

「ありがとうございます」

楓は少し呆《あき》れたように、でも、嬉しそうに笑ってくれる。ライブ開始前のどこか落ち着かない会場の空気に、楓はすっかり慣れて馴染《なじ》んでいる。客席サイドにいても、ここが彼女のホームなのだと強く感じる。

「ずいぶん思い切って短くしたのね。あ、もしかして、新しいグループのカラーとか、そういう？」

「あ、いえ。それなんですけど、じつは私、アイドルは、諦めようと思っています」

「え」

ひとりでも続けるなんて言っておいて、恥ずかしいですけど、と楓は言った。

あれから新たな所属先を探しているけれど、ここぞ、と思えるようなグループの募集にはまだ出会えていない。続けたい、という気持ちはある。でも、もう夢は断ち切らなければ、という焦りも強い。断ち切るために、髪を切った。

「でも、なんかもう、結局どっちつかずな感じです。優柔不断で、駄目ですね」

肩を落として笑う楓を見て、私の中に急激に湧き起こる感情があった。胸がどきどきする。夢、とか、希望、とか、ポジティブで且《か》つちょっとクレイジーな感覚が、麻薬のように全身に広がる。同時に、自分が言おうとしていることの無責任さに戸惑った。無責任な上に、衝動的で自己中心的。特に激しい理由もなくプロデューサーを辞退してからひと月しか経っていないのに、どうして私はそんなことを口にする権利が自分にあると思えるのだろう。ぞっとする、を通り越して、なんだかぞくぞくする。

「ねえ、それじゃあ、あの、もし良かったら」

「夏美さんって」

　楓が強い口調で遮った。

「私が現実的になろうとするタイミングで現れて夢の世界に引きずり込みに来ますよね。前のときもそうでした。なんなんですか。悪い魔女？」

「大丈夫、こんどは見切り発車じゃないから。前回の反省を活かして、こんどは辞めなそうな女の子を集めるわ。契約書関係もちゃんとして、なあなあじゃなくて。あのね、私、やっぱり戻れないみたいなの。戻るところなんてないのかも」

　楓はため息をついて私を見た。そう、私はすっかり図々しい人間になってしまって戻れそうもない。私は幸せに飽きても愛に疲れても平気な人間になってしまったみたい。平気で次々と夢ばかり見る。

「ね、いいでしょう」

「はあ、まあ」

　そのとき、フロアの照明が一段暗くなった。

うるさいくらいのボリュームで流れ出す音楽が鼓膜を揺らす。

ステージの上、スポットライトの中に、太ももをむき出しにしたミニスカートの女の子が堂々とした足取りで現れる。

疲れてしまうし、拗《こじ》らせてしまうし、夢の世界が必ずしも楽しいばかりではいられないのだと私はもう知っている。音も光も魔法じゃない。ここは現実と地続きの場所。

でも、ステージが始まるこの一瞬、いつも私は泣きそうになる。

解説

大森　望

いまの自分は、はたして〝ホントのじぶん〟なのか。なりたい自分になれているのか。わたしのほんとうの居場所はここなのか……。

だれの心の奥底にもある疑問が、ふとした瞬間に浮かび上がり、どっと溢れ出す。そんな瞬間を経験してしまった〝ふつうの人々〟の人生を、この小説は絶妙の距離感で描き出す。

ひとり暮らしのいまの日常にとくに不満はないけれど、このままでいいのかなとなんとなく思っている、四十代半ばの独身女性会社員、夏美《なつみ》（「リフト」）。

ほんとうは宝塚に入りたかったけれど、その夢はかなわず、所属していたグループも解散して行き場をなくす地下アイドル、楓《かえで》（「リミット」）。

女の子よりもかわいくなることを目指し、ネット通販で買った服でおしゃれしてアイドルのライブに通う高校生の女装男子、翼《つばさ》（「リアル」）。

家にも学校にも居場所がなく、〝天使〟を自称し、天使として振る舞うことでなんとか自分を保とうとする女子高校生、瑞穂《みずほ》（「天使」）。

東京で念願のアイドルになり、ファンの〝スイッチ〟を押しまくることで活動してきたものの、二年経って限界を感じはじめている十九歳の愛梨《あいり》（「アイドル」）。

それぞれが語り手兼主人公となる五つの物語がしだいに重なり合い、五人の描く軌跡がひとつに交わって、夢の実現へと向かってゆく（「リピート」）。

以上の六話が、集英社の月刊誌〈小説すばる〉二〇一七年三月号から隔月で全六回掲載されたのち、二〇一八年三月に『地下にうごめく星』のタイトルで四六判ハードカバー単行本として刊行。今回の文庫化にあたって、『アイドル　地下にうごめく星』と改題された。

というわけで、本書の特徴は、〝アイドル〟を接点に、だれにでもある普遍的なテーマを描き出したこと。女性アイドルグループ、中でも〝地下アイドル〟という、ふつうの人にはたぶんあまりなじみのない世界が物語の背景になる。しかも、主な舞台は仙台。これがドルヲタ（アイドルオタク）界隈だったら、

「なるほど、仙台なら、Dorothy Little Happy とかいるもんねえ。もう解散しちゃったんだっけ」

「いや、いまは五人でやってるんじゃないかな。初期メン（初期メンバー）はひとりも残ってないけど。あと、パクスプエラとか」

「ああ、阿部菜々実《あべななみ》がいるとこでしょ、ラストアイドルのセンターの」

「そうそう。それとか、めろん畑 a go go とか」

……みたいな話がすぐ出てくる程度には、仙台はアイドル名産地のひとつなんですが、世間的にはたぶんそれほど知られていない。そもそも〝地下アイドル〟というのは、もともとは地下のライブハウスが主戦場だったことからついた呼び名らしいが（最近は〝ライブアイドル〟と呼ばれることも多い）、地上（テレビなどのメディア出演や大きな会場での単独コンサート）に出ない＝知名度がないことが条件とも言われているので、一般に知られていないのは当然なのである。

とはいえ、だったら特殊な世界かというとそんなことはなくて、たとえば、地上のトップアイドル（ももいろクローバーZとか乃木坂46とか）のコンサートはなかなかチケットがとれず、気軽に見にいくのは困難ですが、いわゆる地下アイドルなら、たいていの場合、その日に思い立ってライブ会場にふらっと行けば、当日券でぱっと入れる。本書でも描かれているとおり、ライブの前か後には特典会と称する接触イベント（握手やインスタント写真撮影など）があり、好きなアイドルと直接話ができる。大手のグループと違って、熱心なファンひとりあたりの価値が（アイドル側にとって）たいへん高いので、初回から認知をもらえる（顔を覚えてもらえる）確率も高い。

集客力が低いため、単独ではなかなかコンサートが開けないグループもたくさんありますが、そういう場合は、「リフト」に描かれているような、複数グループが出演するライブハウスのイベントに参加する。アイドル現場では（バンド用語を流用して）〝対バンライブ〟とか〝対バン〟とか呼ばれるこの手のイベントは、客側からすると比較的安く（小規模なら千円とか二千円とか）たくさんのグループが見られるメリットがあるし、運営側からすると新しいファン（〝新規〟）を獲得できるかもしれないチャンスになる。

「リフト」の主人公・夏美は、同僚のドルヲタに誘われて初めて参加したアイドルの対バンライブで、楓と運命の出会いを果たすことになる。

その瞬間、もう、すべてが揺るぎなくなった。恋とはするものではなく、抵抗もままならず、真っ逆さまに落ちるものだと聞いたことがある。その点でいうなら、これは恋だ。湧き上がる多幸感に身をゆだね、この空間、この時間に、彼女にすべてを捧《ささ》げたい。

恋に理屈がないように、アイドルにハマる瞬間にも理屈はない。楽曲だとかルックスだとか歌だとかダンスだとか、ハマった人はさまざまな理由を口にするけれど、実際は、論理を超えた神秘的な体験なのである。かくいう僕自身、二〇一三年十一月に中野サンプラザで見たモーニング娘。のコンサートでとつぜん何の前ぶれもなく道重《みちしげ》さゆみにハマり、齢五十二にして駆け出しのハロヲタ（HELLO! PROJECT オタク）となって、その二年三カ月後には『50代からのアイドル入門』という本を出し、いまだに道重さゆみ現場にもハロプロ現場にも通いつづけているので、夏美の体験は非常によくわかる。読者によっては、夏美のあまりのハマりっぷりに、唐突すぎるという印象を持つかもしれませんが、もうね、理屈じゃないんですよ。拙著の中では、この体験を、アメリカのSF作家フィリップ・K・ディックの神秘体験になぞらえ、〝ピンクの光線に打たれる〟と表現したのだが、実際、ひとはいつピンクの光線に打たれるかわからない。

まあ、アイドル現場初体験の四十代女性がいきなりリフトを強行するというのは、現実ではめったに起こらないでしょうが（そもそもリフトで上がるのは若い男性がほとんどで、女性のリフトは非常に珍しいうえ、最近はリフトそのものが危険行為として禁止されている現場も多い）、人生で最高に高まった瞬間の身体表現として、小説の中では非常にうまく機能して、プロデューサー立候補という、その後の神展開にもうまくつながっている。あれよあれよという間に事態が進展してゆく圧倒的なスピード感は、「リフト」の特徴であると同時に、地下アイドルならではの展開とも言える。

実際、地下アイドル、ローカルアイドルの場合、アイドルとファンが近いだけでなく、運営側とファンの距離も近い。プロデューサーが手を引いたグループの運営をファンが引き継ぐとか、セルフプロデュースのグループの運営をファンが手伝うとかいう例は、現実でもぜんぜん珍しくない。

たしかに、ファン側から運営側への転身スピードでは、「リフト」の夏美は世界記録レベルかもしれないが、そういうことがあってもぜんぜん不思議がないのが地下アイドルの面白さなのである。

もっとも本書は、地方都市の文具会社に勤める四十代女性会社員がアイドル運営に乗り出すお仕事小説（サイドビジネス小説）というわけではない。最初に書いたとおり、ほかの四人は、さまざまな理由から、アイドルというキラキラした場所にたどりつくことになる。

ちなみに、著者は、本書単行本刊行時、日販のＷＥＢメディア〈ほんのひきだし〉のインタビューで、執筆の経緯を語っている。一部を抜粋して紹介すると――

もともと地下アイドルに詳しかったわけではないのですが、以前、アイドル好きの同僚に誘われて初めてライブに行ったんです。そこであまりの楽しさに、すぐにはまってしまって。その経験がずっと頭にあったので、新しい小説を書き始めようと思ったときに「地下アイドルを題材にしよう」と思いました。（中略）

地下アイドルというとネガティブな切り取り方をされがちですが、最初に地下アイドルの話を書こうと思ったときから、そうではなく、若者たちの希望やオタクの支えになるような〝光〟の部分を書きたいという気持ちがありました。（中略）地下アイドルは、たとえ容姿に秀でていなくても、愛嬌や握手の対応、パフォーマンスの仕方などでファンを増やすことができる。それもこの世界ならではの寛容さだと思うんです。

この言葉どおり、本書には、いいところも悪いところも含めて、いまの地下アイドルのリアリティと空気感が鮮やかに切りとられている。あんまりディープだったりダークだったりするところや細かい部分には立ち入らず、情報量をうまくコントロールするさじ加減もすばらしい。

アイドル小説と言えば、最近だと、朝井リョウの『武道館』や、乃木坂46の現役メンバーでもある高山一実のデビュー長編『トラペジウム』を筆頭に、さまざまなタイプの作品が書かれているが、読者といちばん身近なところで活動する等身大アイドルの〝今〟を描く鮮やかさは、本書がベストだろう。

本書単行本の帯に推薦文を寄せた現役アイドルの鹿目凛（でんぱ組.inc）も、〈青春と読書〉二〇一八年四月号の巻頭に掲載された著者との対談で、「今って、なりたいと思えばアイドルになれたり、夏美のようにプロデュースとかの運営にもなれる時代じゃないですか。この小説には、そういう今の時代がよく映し出されていますよね」と語っている（全文は http://renzaburo.jp/chika/ で読める）。

本書を読めば、地下アイドルがぜんぜん特殊な存在じゃないことがよくわかるし、さらに進んでアイドル現場に興味を持ってくれたら、中年ドルヲタとしては大いに心強い。

個人的には、立場や年齢が近いということもあって、どうしても夏美に感情移入してしまうわけですが、前出のインタビューで著者いわく、「『こんな楽しみもあったんだ』という新たな発見は、人を成長させますよね。夏美は40代で地下アイドルにはまって、初めて『大切な誰かを幸せにしたい』という感情を知りました。そんな風に、オタクになれば『いくつになっても楽しいよ』ということをアピールしたいなという思いもありました」。

そう、アイドルは人生を豊かにする。そして、小説もまた。読者にとって本書が、豊かな人生につながる新しい発見になることを祈る。


（おおもり・のぞみ　書評家）

本書は、二〇一八年三月、集英社より刊行された『地下にうごめく星』を文庫化にあたり、『アイドル　地下にうごめく星』と改題したものです。

初出誌「小説すばる」
リフト　二〇一七年三月号
リミット　二〇一七年五月号
リアル　二〇一七年七月号
天使　二〇一七年九月号
アイドル　二〇一七年十一月号
リピート　二〇一八年一月号

集英社文庫

アイドル　地下《ちか》にうごめく星《ほし》

2020年3月25日　第1刷　　定価はカバーに表示してあります。

著　者　渡辺《わたなべ》　優《ゆう》

発行者　徳永　真

発行所　株式会社 集英社
東京都千代田区一ツ橋2-5-10　〒101-8050
電話　【編集部】03-3230-6095
【読者係】03-3230-6080
【販売部】03-3230-6393（書店専用）

印　刷　凸版印刷株式会社

製　本　加藤製本株式会社

フォーマットデザイン　アリヤマデザインストア　　マークデザイン　居山浩二

ISBN978-4-08-744087-4 C0193